君と裸足で駆け抜けろ

水瀬さら

角川文庫
24618

晴れ渡った空。真夏の太陽。蒸し暑い風。埃《ほこり》っぽいグラウンド。
わたしはその中を、思いっきり駆け抜ける。
自分で決めた、ゴールを目指して。
昨日の自分より、少しでも前へ進めるように。
そして走りながら、いつも思うんだ。
ああ、やっぱりわたしって、走るのが好きなんだなぁって。

目次

第一章　わたしだけの秘密の場所

古い住宅と石垣の間にある、狭くて急な坂道。のんびり上ってくるおじいさんや、犬の散歩中のおばさんとすれ違いながら、制服姿のわたしは坂を下る。

もう少し、もう少し……。

心の中で呪文のように唱え、足を速める。

やがて坂道の終わりと同時に視界が開け、目の前に小さな港と海が見えた。

あと少し……！

はやる気持ちを抑えつつ、停泊している小型船を横目に左に進む。その先に見えるのは、海に突き出た防波堤。今日もそこに人影はない。

防波堤まで来ると、数段の階段を上り、まっすぐ進んだ。左手にはテトラポッドと、静かに打ち寄せる波。目の前に広がるのは、真っ青な海。

先端までたどり着いたら、背負っていた通学用の重たいリュックを足元に落とした。かかとに指を突っ込んでローファーを脱ぎ、ついでに靴下も脱ぎ捨てる。足の裏にじりっと感じる、硬いコンクリートの感触。

足を踏ん張り、目の前に広がる海原を睨《にら》みつけ、大きく息を吸い込んだ。ぎゅっと目を閉じ顎《あご》を上げ、ため込んだ息と一緒に言葉を吐き出す。

「わたしの……バカー！」

両手を握り締め、海に向かってさらに大声で叫ぶ。

「なんで立候補しちゃうのよー！　委員なんてやりたくなかったー！」

自分の声が、海風に乗って飛んでいく。

「しかも園芸委員ってなんなのよ！　お花育てるなんて、絶対ガラじゃないじゃん！　わたしのバカ、バカ、バカー！」

一気にそこまで叫んでから、静かに目を開く。目の前の海は何事もなかったかのように、穏やかに輝いている。

「ふうー……」

体の力が抜けて、深く息をついた。空を仰げば、海と同じ青い色が広がっている。わたしは握った両手を、勢いよく突き上げた。

「あー！　すっきりしたぁ！」

春の柔らかい風が吹き、肩につきそうでつかないわたしの髪と、まだ新しい制服のスカートが揺れる。

空では海鳥が飛び回っていて、波の音が静かに耳に響く。

その場に腰を下ろし、防波堤の先に足を投げ出した。素足をぶらぶらさせながら、後ろに手をついて海を眺める。

胸の奥に抱えていたもやもやを吐き出したら、ずいぶん呼吸がしやすくなった。

「気持ちいい……」

目を細め、潮の匂いを思いっきり吸い込む。

ここは高校に入学してすぐに見つけた、わたしだけの秘密の場所。

放課後、校門を出た生徒たちは、ほとんどが駅方面へ向かって歩いていく。わたしも電車通学だから、いつもならその流れに乗って帰るはずだった。

だけどその日は、なんとなく家には帰りたくなくて。それでふと逆方向へ歩いてみたのが、この場所と出会ったきっかけだ。

駅へと続く道は、徐々に車も人も多くなり店も増える。でもこちらは真逆だった。

次第に人通りは減っていき、道はどんどん狭くなり、古い民家や石垣が両側にあるだけ。

緩やかだった坂は急坂になり、このまま進んで大丈夫かなと、ちょっと不安がよぎってきたころ、目の前が突然開けたのだ。

そこはひっそりとした港だった。何艘《そう》かの船が停泊しているが、あまり使われていないのかひと気はない。

代わりに、茶色くてしっぽの長いトラ猫が一匹、のんびりとわたしの前を横切っていく。

立ち止まって周りを見まわすと、海に突き出た防波堤があるのに気がついた。興味が湧き、再び足を動かし先端まで行ってみる。

視界に映ったのは、どこまでも続く青い海と、その上に広がる水色の空。流れるような白い雲が、遠くに横たわっている。

そんな景色を眺めていたら、胸にたまっていたもやもやを吐き出したくなって、つい海に向かって叫んでしまったのだ。

最初に叫んだときは、誰かに聞かれなかったか周りがすごく気になった。

それに冷静に考えると、こんなところでひとりで叫んで、ちょっとヤバい人だよな、なんて自分で自分にあきれかえったりもした。

だけどその日以降、わたしは何度もここに来るようになったのだ。

だってここに立って大声で叫ぶと、なんだか気分がすっきりするから。

「いいよなぁ、ここ」

素足をぶらぶらさせたまま、ごろんと仰向《あおむ》けになる。コンクリートが頭と背中に当たって、ちょっと痛い。

静かに目を閉じ、耳を澄ました。潮風に乗って、かすかな波の音と海鳥の鳴き声が聞こえてくる。

やがて空がオレンジ色に染まり、それが深い青色へと変わりはじめる。昼と夜が混じり合ったこの時間を、ここでぼんやりと過ごすのがわたしは好きだった。


「あ、西倉《にしくら》さん」

翌日の放課後、荷物をまとめて教室を出ようとしたら、女子生徒に囲まれておしゃべりしていた担任教師がわたしを呼んだ。

「昨日は園芸委員、引き受けてくれてありがとうね。あんまり人気がない委員会だから、決まらなかったらどうしようって心配してたの」

わたしのクラス、一年二組の担任は若い女性教師だ。小柄で可愛らしい雰囲気のせいか、よく生徒たちから話しかけられて気さくに応じている。

振り向いたわたしは、先生にもクラスメイトにも当たり障りのないような、にこやかな笑顔を作って答える。

「いいえ。わたし部活やってないから暇ですし」

「あれ、西倉さんって、部活やってなかったっけ？」

そばにいたクラスメイトの女の子が不思議そうに首をかしげた。名前は……えっと、なんだっけ？

だけれど。

入学して二週間。わたしはまだ、ほとんどのクラスメイトの名前を覚えていない。べつに仲間はずれにされているわけではないし、ぼっちが好きってわけでもないんだけれど。

入学早々、高校生活を満喫している青春真《ま》っ只中《ただなか》のようなみんなの中に、なんとなく溶け込めないまま、ずるずると日にちが経ってしまったのだ。

「西倉さん、運動神経よさそうだから、運動部かと思ってた」

するとの女の子たちも、次々と声を上げる。

「だよね、わたしもそう思ってた」

「わたしも！」

そんなに運動部っぽく見えるのだろうか。まぁ、小さいころから、外を飛び回っているほうが好きな子だったけど。

というか、みんながわたしを認識してくれていたことが、ちょっとびっくりだ。このクラスではできるだけ目立たず、空気のように過ごしてきたつもりだったから。

もし目立っていたとしたら、昨日園芸委員に立候補してしまったときくらいだ。

みんなの前で、わたしはもう一度笑顔を見せる。

「ごめん、期待に沿えなくて。わたし帰宅部なんだよね。じゃ、委員会行ってきます」

「よろしくね、西倉さん」

先生の声に、女の子たちの声も重なる。

「立候補してくれて、ありがとうねー、西倉さん」

「いってらっしゃい」

わたしは手を振って、ざわつく教室をひとりで出た。


「はぁ……」

廊下を歩きながら、盛大にため息をついてしまう。

委員なんてやるつもりはなかった。しかも園芸委員なんてまったく興味がない。うちはマンションだから庭で草花を育てたことなんてないし、花の種類や名前さえよく知らない。

おまけに小学生のころ、学校で育てていたあさがおを、咲かせる前に枯らしてしまった黒歴史まである。

でも昨日のホームルームの重苦しい空気。この委員さえ決まれば帰れるのに、誰も立候補する気配がなくて……。

うつむいて黙り込む女子生徒。周りの様子をちらちらとうかがう男子生徒。困り果てた顔の担任教師。

いつ終わるのかわからない地獄のような時間から、わたしは一刻も早く抜け出したかった。

だから挙げてしまったのだ。この右手を。

「バカなわたし……」

わたしは自分の右手を、ぺちんっと叩《たた》く。

でもあのクラスで部活も委員もやっていないのは自分くらいだったし、家にもなんとなく帰りたくないし、きっとわたしが適任なのだろう。

うつむきがちに廊下を歩くわたしの横を、運動部のジャージを着た生徒たちが、おしゃべりしながらすれ違っていく。

この高校はわりと偏差値の高い進学校だ。部活に入りたくなかったわたしは、この学校ならみんな勉強に夢中で、部活なんかやっている生徒は少ないだろうと考えた。

だから受験勉強を頑張ったのに、入学したらまったく違ったのだ。運動部も文化部もとても盛んで、ほとんどの生徒が部活動に励んでいる。

大会でよい成績を収めている運動部もあるみたいだし、文化部もコンクールなどで表彰されたり、学校外の活動にも力を入れたりしているようだ。

そんな中、わたしは部活に入らず、かといって勉学に励むわけでもなく、なんとなく肩身の狭い学校生活を送っていた。

もう一度ため息をつきながら、委員会の行われる教室に入る。空いている席に座るようにと黒板に書いてあったので、窓際の一番後ろの席に腰かけた。

四階の教室の窓からは、青い空と、グラウンドで練習している運動部の姿が見える。野球部、サッカー部……それから陸上部。懐かしい思いが胸の奥に広がって、ちくりと痛む。

そっとグラウンドから視線をそらしたとき、隣でカタンと椅子を引く音がした。

「そろそろ委員会はじめるぞー」

黒板の前に立った園芸委員会担当の男性教師は、めちゃくちゃ声が大きい体育の先生だ。その声を聞きながら、音のした隣の席をちらっと見る。

椅子に腰かけたのは、見知らぬ男子生徒だった。ブレザーについている校章の色は青だ。ということはわたしよりひとつ上の二年生。

マスクをしているその先輩は、長い前髪で目元も隠れていて、しかも黒縁眼鏡までかけているから顔も表情もよくわからない。

制服は真面目に着こなしているけれど、さっそく机に頬杖《ほおづえ》をつき、見るからにやる気がなさそうな態度だ。

まぁ、わたしも人のこと言えないけど……。

心の中でつぶやいて、視線を前に向ける。

「委員会の説明をする前に、まずは簡単に自己紹介してもらおうか。じゃあそっちの窓際の席から」

先生に指名され、一番前の席に座っていた真面目そうな女子生徒が、姿勢よく立ち上がる。さらりと揺れた長い黒髪が、とても綺麗《きれい》な人だ。

「三年一組の有島静香《ありしましずか》です。草花が好きで、学校中が花でいっぱいになれば素敵だなと思って園芸委員会に入りました。よろしくお願いいたします」

パチパチと教室のあちこちから拍手が起こる。

しっかりした人だな。ちゃんと目的を持って委員会に入ったなんてすごい。それに比べてわたしは、目的なんてまったく持ってない。

ちらっと視線を動かすと、隣の男子生徒は頬杖をついたまま、退屈そうにノートになにかを書いていた。

やっぱりこの人もやる気なさそう……。

そんなことを思ったわたしの耳に、先生の声が聞こえた。

「次！　おーい、そこの女子！」

ハッと気づくと、先生がわたしを見ている。いつの間にかわたしの番になっていたのだ。他の生徒たちの視線も、こちらに集まっている。

「は、はいっ！」

勢いよく立ち上がったせいで椅子がガタンッと大きな音を立て、倒れそうになった。

「わっ、わわっ……！」

慌ててそれを阻止し、なんとか椅子と自分の体勢を立て直す。

隣の男子がこっちを見て、顔をしかめたのがわかった。途端に緊張してしまい、声が裏返る。

「い、一年二組の西倉夏希《なつき》ですっ！　え、園芸委員会には、えっと、な、なりゆきでっ、入りました！　よろしくお願いしますっ！」

くすくすと笑い声が聞こえ、さっきの真面目そうな先輩もわたしを見て、微笑みながら拍手している。

「なりゆきね……。うん、まぁ、正直でよろしい！」

先生の声に、また小さな笑い声が聞こえてくる。

わたしはすとんっと椅子に座り、うつむいた。

わ、笑われた。ウケを狙ったつもりはないのに。目立ちたくもなかったのに……恥ずかしい。

でもわたしって、目立ちたくないときに限って、ドジをして目立ってしまうんだ。

母からはよく、『もう少し落ち着きなさい』って言われている。

肩をすくめたわたしの隣で、男子生徒が静かに立ち上がった。右側から、低くて落ち着いた声が聞こえてくる。

「二年二組、永瀬《ながせ》碧生《あおい》。園芸委員になったのはなりゆきです。よろしくお願いします」

男子生徒が席に着く。さっきと同じようにくすくすと笑い声が響く。

「おーい、碧生！　おまえもなりゆきか。まぁ、なったからにはしっかり頼むぞ」

先生は隣の生徒をよく知っているのか、「碧生」って下の名前で言った。わたしはその声を聞きながら、もう一度隣を見る。

するとと碧生という先輩が、ぱっと顔を上げてわたしを見た。眼鏡の奥の黒い瞳《ひとみ》がすごく綺麗。

「なんか用？」

「えっ！　い、いえっ、べつに……」

「だったらこっち見んな」

ぼそっとした声でそう言うと、碧生先輩はマスクを鼻の上まで押し上げ、わたしから顔をそむけた。

「は？」

わたしはぽかんと口を開ける。

な、なんなの？　その言い方！　ていうか、先輩のことなんかそんなに見てないし！　自己紹介してる人のほうを向くのは普通だし！　自意識過剰なんじゃないの？

なんか嫌なやつだ、この先輩。

わたしはむっと顔をしかめて、窓の外を見る。

でも怒りのせいで、恥ずかしさがどこかに吹っ飛んだ。いいことなのか悪いことなのか、わからないけど。

グラウンドでは陸上部の部員が、百メートルのスタートラインについたところだった。わたしはじっとその様子を見つめる。

少し開いている窓から、春の風が吹き込んだ。わたしの前髪が、ふわりと揺れる。

次の瞬間、ピッと歯切れのよいホイッスルの音とともに、部員たちが一斉に走り出した。

埃《ほこり》っぽいグラウンド。照りつける日差し。まっすぐ続く白いライン。その中を、風を切って走る心地よさ。

忘れかけていた記憶が次々とよみがえり、わたしは視線をそむける。

だけど手足はそわそわしていて、心と体のバランスが崩れてしまったみたいで、すごく落ち着かなかった。

委員会が終わり校門を出ると、わたしは駅とは反対方向へ向かった。

もう歩き慣れた坂道を、速足で歩く。今日は委員会があったせいで、いつもより時間が遅い。空に浮かぶ雲が、うっすらとオレンジがかっている。

ひと気のない港を通り過ぎ、いつものように階段を上り防波堤を進む。先端で立ち止まると、足元にリュックを放り投げ、ローファーと靴下も脱ぎ捨てる。そこで大きく息を吸い込み、海に向かって普段より大きめに叫んだ。

「あの先輩……ムカつくー！」

一度息継ぎをして、続けて叫ぶ。

「なんでわたしとペアなの⁉ サイアクなんだけどっ！ わたしあの人となんか、絶対やりたくなーい！」

そこまで言ってふうっと息を吐く。

さっき自己紹介のあと、先生が園芸委員の仕事を説明してくれた。その中には、朝早めに登校し、花壇の水やりをするという仕事があるらしい。

「水やりは当番制で、ふたりペアでやってもらうぞ。ペアはあらかじめランダムで決めておいたから、よろしくな」

配られたプリントを見て愕然《がくぜん》とした。だってわたしのペアが、あの碧生先輩だったから。

「あ、あの……」

頬杖をついて、つまらなそうにプリントを眺めている碧生先輩に声をかける。

「水やり当番……一緒ですね？ よろしくお願いします」

へらっと笑ってみせたのは、大人の対応のつもりだった。本当は隣を向くのも嫌だけど、ペアになってしまったからには、表面上だけでもうまくやっていかなきゃならない。いくら落ち着きのないわたしでも、そのくらいの常識はある。

しかし碧生先輩はわたしを見ないまま、ため息交じりでつぶやいた。

「めんどくせぇ……」

わたしは耐え切れず、思いっきり顔をしかめる。

たしかに面倒くさいけど！　わたしだってやりたくないけど！　でもそれをいま、わたしの前で言う？　空気読んでよね！

「水やり当番！　絶対サボらないでくださいよ！」

つい叫んでしまって、先生に睨《にら》まれた。

「西倉……だったよな？　元気なのはいいが、発声練習はおれの話が終わったあとにしてくれないか？」

「す、すみません」

またあちこちから、くすくすと笑い声が漏れた。隣の先輩は顔をそむけて無視している。

もうっ、全部全部、この人のせいなんだから！

「はー……」

海に向かって叫んだあと、わたしはごろんと大の字に寝転んだ。

叫んでもペアが変わるわけではないけれど、胸の奥のムカムカを吐き出したら、ちょっとだけ気分が晴れた。

「しょうがない。自分で手を挙げちゃったんだし。やるしかないよね……」

空はもう、オレンジ色に染まっている。わたしの視界を、海鳥がすうっと横切っていく。

そっと目を閉じたら、グラウンドを懸命に走っていた陸上部員の姿が浮かんだ。

それに比べてわたしは……こんなところで、なにをやってるんだろう。

誰もいない防波堤に来て、海に向かって悪口を叫んでいるなんて……バカみたい。

こんなことをしているヒマがあるなら、家に帰って勉強しないと。明日《あした》は英語の小テストがあるんだから。

目を開けて、体を起こす。そして目の前に広がる夕焼け色の海を見つめたあと、自分に言い聞かせるようにつぶやく。

「……もう、帰ろう」

立ち上がり、リュックを背負って靴を履いた。

だけど背中にのせたリュックも足に履いたローファーも、なんだかずっしりと重くて、ものすごく歩きにくかった。

「ただいまぁ……」

わたしの住んでいる家は、学校の最寄り駅から電車で五駅、そこから歩いて十分のところにあるマンションの七階だ。

家族は会社員の父とパート勤めの母、それからひとつ年上の兄。最近父とはあまり会話をしないし、母には怒られてばかりだし、兄とはしょっちゅう喧嘩《けんか》しているけど……まぁ、ごく普通の家庭だと思っている。

部屋に入ると、ちょうど仕事から帰ってきたらしき母がキッチンに立っていた。母のパート先である、駅前のスーパーで買ってきたお惣菜《そうざい》の唐揚げをお皿に盛りつけている。

この唐揚げ、すごくおいしいんだよね。

「ああ、夏希、お帰り。ずいぶん遅かったんだね」

「うん。委員会があったから」

「委員会？　あんた委員会なんかやってたの？」

「やることになったんだよ。園芸委員」

わたしが唐揚げに指を伸ばそうとすると、「お行儀が悪い！」と手を叩《たた》かれた。

「けど夏希、あんた園芸なんて興味ないでしょ？」

「ないけどしょうがないじゃん。誰かがやるしかないんだから」

手をさすりながら口を尖《とが》らせたわたしの前で、母がため息をつく。

「委員会もいいけど、勉強は大丈夫なの？　もうすぐテストでしょ？　部活やらないんだったら、ちゃんと勉強してよね」

「……わかってるよ」

そのとき玄関から、騒がしい声が聞こえてきた。

「ただいまー、あー、腹減ったー」

どかどかと大きな足音を立ててキッチンに入ってきたのは、わたしの兄の龍平《りゅうへい》だ。

「おっ、唐揚げじゃん！　いただき！」

「ちょっと、龍平！　手、洗いなさい！」

「いいじゃん、腹減ってんだよ。今日も練習クソきつかったし」

あっという間に唐揚げを口に放り込んだ兄が言う。

兄はわたしとは違う高校で陸上部に入っている。県内でも有数の強豪校で、朝は早くから登校し、土日も休みなく練習に励んでいるようだ。

母はそんな兄に向かって、あきれたような声を漏らす。

「もう、しょうがないわねぇ……」

「あ、そうだ。おれ、今度の大会に出るから」

「あら、すごいじゃない！　選手に選ばれたのね！」

母の目が輝いて声が一段高くなった。わたしはふたりから、さりげなく目をそらす。

部活を頑張っていて、ちゃんと結果を出せている兄は、母にとって自慢の息子だ。

父にとってもそう。

だから部活をやってなくて、なんの結果も出せていないわたしは、この家に居場所がない。

「夏希。おまえ、おれの応援に来るか？　来たかったら来てもいいぞ？」

兄の声に、わたしは即答する。

「行かない」

手を伸ばし、唐揚げをつまんで口に放り込んだ。

「あ、こら！　夏希！　つまみ食いなんかして！」

「お兄ちゃんだって食べたじゃん」

それだけ言ってキッチンを出た。そんなわたしの背中に兄の声が聞こえる。

「夏希のやつ、ほんとに陸上やめたの？」

わたしは足を止めずに階段へ向かう。母のため息交じりの声も聞こえてくる。

「そうなのよ、あんなに頑張ってたのに。『途中で投げ出すなんてよくない』って、お父さんにも言われたのにね。夏希ってば、もう部活は絶対やらないって」

「ふうん……」

それ以上は聞きたくなかった。わたしは階段を駆け上がると、自分の部屋に入り、ドアを強く閉めた。

第二章　海に消えた絵

数日後の放課後、園芸委員としてはじめての作業があった。この委員会は月に一度の集まりの他に、こんなふうに不定期で招集されることがあるらしい。

わたしはそのまま帰れるようにリュックを背負って、集合場所である中庭に向かう。

「今日は花壇に、ひまわりの種をまきたいと思います」

集まった生徒たちの前でそう話したのは、園芸委員会の委員長に決まった、有島静香先輩だ。今日は長い黒髪を、後ろでひとつに結んでいる。静香先輩は委員長決めの際に立候補し、全員納得で委員長となったのだ。

もちろんわたしも大賛成で、静香先輩以外、園芸委員会の委員長にふさわしい人なんていないとさえ思った。

「夏には綺麗《きれい》な花が咲くと思うので、それを楽しみに、大事に育てていきましょう」

そう言ってにっこりと微笑む静香先輩は、心から花が好きなんだなぁと思う。

今日集まった委員は全体の三分の一くらい。園芸委員の仕事は思ったよりたくさんあって、当番制の水やりの他にも、不定期にある種まきや花の世話、草むしりなど、けっこう忙しい。

マイナーな委員の上に仕事が大変だなんて、先生が「人気がない」と言っていた意味がわかった気がした。

でも委員と掛け持ちで部活をやっている人も多いし、塾に通っている人もいるから、作業は強制ではなく、できる人ができるときに参加すればよいことになっている。

休む理由がないわたしは、たぶん毎回参加するだろうけど。

副委員長になった三年生の先輩からひまわりの種を受け取ると、花壇に向かって座り込んだ。

種まきなんて、あさがおを育てた小学生のとき以来かも。

植物の名前さえよく知らないわたしは、いまプランターに咲いている花はパンジーという花だって、さっき静香先輩に教えてもらったばかりだ。

土に穴を掘り、丁寧に種をまく。

でもこの種から芽が出て、ぐんぐん茎が伸びて葉っぱも増えて、大きなひまわりの花が咲いたら……ちょっと嬉《うれ》しいかも。

わたしの頭に、真夏の青空の下で堂々と咲き誇る、黄色いひまわりの姿が浮かぶ。

土を優しくかけながら、自然と笑みが漏れたとき、隣に誰かがしゃがみ込んだ。

「種、おれにもくれ」

聞き覚えのある声に顔を向けると、マスクに黒縁眼鏡の碧生先輩が、わたしに手のひらを差し出していた。

わたしはしぶしぶ、持っていた種をいくつかその手にのせる。

「来たんですね？」

「来ちゃ悪い？」

やっぱりいちいちムカつくなぁ、この先輩。

「先輩は部活やってないんですか？」

隣は見ずに、手を動かしながら聞いてみる。

「やってない」

「碧生先輩って、やる気なさそうですもんね。何事も」

「そっちもな」

むっとして、隣を見る。碧生先輩はもくもくと土を掘っている。

「先輩と一緒にしないでください！」

つい叫んでしまったら、くすっと小さな笑い声が聞こえた。

「西倉さん、今日も元気ね」

「静香先輩っ」

じょうろを持った静香先輩が微笑んでいる。

「種をまいたら、お水をあげといてくれる？」

「了解です！」

立ち上がり、静香先輩からじょうろを受け取る。先輩はもう一度にっこり微笑んで、次の花壇へ行ってしまった。

素敵だなぁ、静香先輩は。まるで癒しの天使。水やり当番、静香先輩とペアがよかったな。そうしたら委員会の仕事も、もっともっと楽しくなるのに。

「終わったぞ」

ハッと振り向くと、種をまき終わった碧生先輩が立ち上がっていた。

「うっ、えっ、碧生先輩って……背高いですね!?」

いつも座っていたから気づかなかった。碧生先輩ってめちゃくちゃ背が高い。わたしの身長が低いってのもあるけど、こんなに長身だと思わなかった。身長差、三十センチ以上あるんじゃない？

それに手足がすらっと長くてスタイルいいし、顔は小さいし、モデルみたい。

わたしがちらっと視線を上げると、碧生先輩はさりげなくマスクを鼻の上まで上げた。なんで隠すんだろう。べつに隠さなくてもいいのに。

「水やっとけ。おれは帰る」

「えっ、もう帰るんですか？」

「やることやったからいいだろ。じゃ」

碧生先輩は振り向きもせずに、すたすたと行ってしまう。先輩と同じ二年生が数人、輪になっておしゃべりをしていたけど、その集団にも関心なさそうだった。先輩に声をかける生徒も、もちろんいない。

「碧生先輩って、友だちいなそうだな……」

わたしも人のことは言えないけれど。

じょうろで水をまきながら、さっき碧生先輩に言われたことを思い出す。

『そっちもな』

もしかして碧生先輩とわたしって、似てるところあるのかな。

そんなことをふと考えてから、ぶるぶるっと首を横に振る。

ないない！　絶対ない！　わたしはあんなにぶっきらぼうじゃないし、意地悪でもないし！

花壇の土に水が浸み込み、じんわりと色が変わっていく。

『夏には綺麗な花が咲くと思うので、それを楽しみに、大事に育てていきましょう』

静香先輩の言葉を思い出し、退屈な毎日にちょっとだけ楽しみができた気がした。

すべての花壇で種まきが終わったあと、静香先輩と一緒にじょうろやシャベルを倉庫に片付けた。

「ありがとね、西倉さん。手伝ってもらって助かっちゃった」

「いえ、わたしだって一応園芸委員なんで、なんでも言ってください。力仕事も得意ですから！」

わたしがにかっと笑うと、静香先輩がくすっと微笑む。

「うん。これからも西倉さんにいろいろお願いするね」

「まかせてください！」

ぽんっと胸を叩《たた》いたわたしに、静香先輩が手を振った。

「じゃあわたしは校舎に戻るから。気をつけて帰ってね」

「あれ、静香先輩はまだ帰らないんですか？」

「わたし美術部なの。帰る前に、ちょっと部室に顔出していこうと思って」

美術部……静香先輩、部活もやっていたんだ。

胸がちくりと痛む。自分がものすごく暇人に思えてきた。

「……た、大変ですね」

すると静香先輩は、笑顔で首を横に振る。

「ううん。絵を描くのも花を育てるのも、両方好きなことだから全然大変じゃないよ」

そしてもう一度手を振ると、「じゃあ、またね」と校舎に向かって行ってしまった。

わたしはその場に突っ立ったまま、静香先輩の背中を見送る。

「両方好きなこと……か」

すごいな、やっぱり静香先輩は。ていうか、この学校の人、みんなすごい。

そのとき、キンッと金属バットの音が響いた。

ちらっとグラウンドのほうを見ると、野球部がノックをしているのが見える。その向こうには、ボールを蹴《け》っているサッカー部の姿。

生徒たちは大きな声を上げながら、真剣な表情でボールを追いかけている。

胸の奥がもやもやして目をそむけると、校舎から吹奏楽部の楽器の音色が響いてきた。それと同時に、合唱部の歌声も流れてくる。

わたしはとっさに両手で耳を覆う。

なんだかみんなに責められているような気分になって、息が苦しい。

この学校に、わたしの居場所なんてないんだ。

そう思ったらもうここにはいたくなくて、逃げるように校門から飛び出した。

重い足を動かす。坂道を上ってくるおじいさんとすれ違う。空がオレンジ色に染まり、自分の影が長く伸びる。

もう少し、もう少し……。

自分に言い聞かせるようにしながら、狭い急坂を下る。

視界が開け、海が見えた。防波堤が近づいてくる。

あと少し……！

暑くもないのに、額にじんわりと汗がにじんだ。胸の鼓動が激しい。

このもやもやを吐き出すのは、あそこしかないんだ。

階段を上り防波堤の上に立つ。いつものように先端まで進もうとしたとき——。

「えっ……」

ため込んでいた呼吸とともに、かすかな声が漏れた。防波堤の先端のいつもわたしが座る場所に、誰かが座っていたからだ。

「誰か……いる」

ここで人を見かけたのははじめてだ。港の人にも、近所の人にも、釣り人にも会ったことがない。

その人はわたしに気づかず、背中を丸め、なにかに夢中になっているようだった。

どうしよう……。

もちろん、誰かがいたら叫ぶことなんてできない。恥ずかしすぎる。でもせっかくここまで来たのに、このまま帰るのもなんだか悔しい。それにこの場所は、誰かひとりのものじゃない。先に来ている人がいたからって、わたしがそこにいちゃいけないなんてことはない。

一歩足を動かした。気づかれないよう、そっと先に進む。

よく見るとそこにいたのは、わたしと同じ制服を着た男子生徒だった。その後ろ姿に、なんとなく見覚えがある。

え、まさか？　いやでも、違うよね。あの人が、こんなところにいるはずはない。

足音を立てずに近づいて、ちらっと後ろからのぞいてみる。

背中を丸めて夢中になっているのは、絵だった。一枚の紙に、シャーペンでさらさらと絵を描いている。

それはここから見える景色だった。しかもものすごく繊細で美しい。

「すごい……」

つい声を漏らしたら、背中をビクッと震わせて男子生徒が振り返った。

「え……」

黒く澄んだ瞳《ひとみ》と目が合う。

整った眉《まゆ》、すっと通った鼻筋、薄い唇に尖《とが》った顎先《あごさき》、透き通るように綺麗《きれい》な肌……つまり、すべてが完璧《かんぺき》に整っていて……イケメンって、こういう人のことをいうんだと思った。

「碧生先輩……ですよね？」

おそるおそるつぶやいたわたしの前で、碧生先輩はポケットからマスクを取り出し、顔を隠した。

「なんで隠すんですか？　ていうか、その絵、すっごく上手！　先輩、絵、描けたんですね？」

「……うるさい」

碧生先輩の手が、ぐしゃっと紙を握りしめた。それはテストの解答用紙で、その裏に描いていたのだと、いま気づく。

「絵なんか描いてない」

「え、なに言ってるんですか？　いまそこに描いてたじゃないですか」

解答用紙を指差したわたしの前で、碧生先輩が立ち上がる。見上げるような長身に、わたしはちょっとひるむ。

すると先輩は、解答用紙をビリビリと破きはじめた。

「わっ、なにしてるんですか！」

慌てて手を伸ばしたけれど、碧生先輩はわたしに届かないほど手を高く上げ、破いた紙切れを海にばらまいた。

「ええっ……」

細かくちぎれた白い紙が、風に乗ってはらはらと海に舞い落ちていく。まるで水面に降る、雪のように。

「そんなぁ……もったいない……」

わたしはため息交じりに海を見下ろす。

すると先輩がむすっとしたまま、置いてあったリュックを肩にかけ、速足で歩き出した。

「あ、ちょっと、碧生先輩！」

わたしが呼んでも、振り返る気配はない。

空も海もオレンジ色に染まる中、碧生先輩の姿はあっという間に見えなくなってしまった。

「なんで……」

わたしはもう一度海を見下ろしながら、先輩の描いていた絵を思い出す。

解答用紙の裏にシャーペンで描いただけなのに、ものすごく素敵だった。色を塗ってなくても、夕陽の色とそれを反射してキラキラ光る海の色が、はっきりと見えた。

絵心のないわたしには、絵のことなんかよくわからないけど……なんだか大事にしたくなるような、心に残って離れないような、そんな絵だったんだ。

海風が吹き、わたしの髪を揺らす。太陽が沈み、空に深い青色が混じりはじめる。

足元に小さな紙切れが一枚落ちていた。碧生先輩が描いた絵の欠片《かけら》だ。わたしはその場にしゃがみ込み、それを手に取りポケットにしまう。

そして静かに立ち上がると、胸の奥のもやもやを抱えたまま、家に向かって重い足を動かしはじめた。

　そのあともほとんど毎日、わたしは防波堤に通った。もしかしたらまた碧生先輩が絵を描いているんじゃないか、なんて思ったから。

　碧生先輩の教室とわたしの教室は校舎が別で、学校内で偶然会ったことは一度もない。連休明けにあった園芸委員の草むしりにも、碧生先輩は来なかった。

　誰もいない防波堤で靴を脱ぎ、裸足《はだし》になる。そしてコンクリートの上に、ごろんと仰向《あおむ》けに寝転んだ。空に向かって手を伸ばし、なんとなく指を折って数えてみる。

　碧生先輩とは二週間近く、会ってないなぁ……。

　気づけばそんなことを考えていて、ハッとする。

　いやいやべつにわたしは、碧生先輩に会いたいわけじゃないし。ただもう一度、先輩の描く絵を見たいなって思っただけだし。

　なんのせいかわからないため息をふうっと吐く。今日の空は灰色の雲に覆われている。少し風が湿っぽい。雨が降るかもしれない。

　なにやってるんだろう、わたし……。

　こんなことしてたらだめだってわかっているのに。もっともっとみんなに置いていかれてしまうのに。

それなのに……逃げているばかりで前に進めない。

わたしの足はなんのためについているんだろう。前に進めない足なんていらないじゃん。

ポケットに手を突っ込んで、小さな紙切れを取り出した。この前、碧生先輩が破り捨てた絵の欠片だ。これだけじゃ、なんの絵なのかわからない。あの絵の素敵さは、全然伝わってこない。

「あっ！」

突然の強い風にあおられて、指先から絵の欠片が飛んでいった。

「わっ、ちょっと……！」

立ち上がって手を伸ばしたけれど、もう遅かった。

ひらひらと風に乗った白い紙切れは、少し波の立つ海の中に消えていく。

「あーあ……」

水面を見下ろしながら、ため息をついた。

なにやってるんだ、わたし……。

深い海の色を見ていたら、ここで自分の描いた絵を破り捨てた、碧生先輩の姿が目に浮かんだ。

「碧生先輩……いまごろなにしてるんだろう……」

ぽつりとつぶやいた声が、風に流されていく。

もし、碧生先輩とわたしが似ているんだったら……先輩がいま、どこでなにをしているのか、なにを考えているのか、聞いてみたいと思った。


翌週、水やり当番が回ってきた。当番のペアは一週間、早めに登校しなければならない。そして玄関前や中庭、校舎の脇などにある花壇やプランターに、ホースやじょうろで水やりをするのだ。

わたしが学校に着くと、玄関前の花壇にホースで水をかけている人の姿が見えた。

「碧生先輩！」

つい声を上げてしまったら、碧生先輩が面倒くさそうに振り向いた。

先輩は今日もマスクをして、黒縁眼鏡をかけている。でもたぶんこの眼鏡は伊達《だて》だ。防波堤で会ったときは、かけていなかったもの。あんなにイケメンなのに、どうして顔を隠そうとするんだろう。

「おはようございます！　早いですね！」

「悪いか？」

碧生先輩のひねくれた態度にも、もう慣れた。

「いえっ、でもちょっとびっくりしてます。来ないかもって思ってたから。ほら、この前の草むしりはいなかったでしょ？」

「あの日は学校休んでた」

「あ、そうだったんだ」

風邪でもひいていたのかな？

わたしから顔をそむけ、碧生先輩がホースの水を空に向ける。朝陽に当たった水が、宝石みたいにキラキラ輝いて落ちてくる。

綺麗だなぁって思いながら見とれていたら、先輩の描いた絵を思い出した。

「あのっ、先輩はもう、あそこで絵を描かないんですか？　あんなに上手いのに」

「……描かねーよ」

「あの絵、すごく素敵でした。先輩の絵、もう一度見たいなぁ、なんて。ていうか、欲しい！」

「は？」

顔をしかめた碧生先輩が、わたしを見た。それからなんともいえない複雑な表情をしたあと、いきなりホースをわたしに向けた。

「きゃあっ！」

ホースから飛び散った水が、わたしの頭に降りかかる。

「いいからおまえは、中庭の水やりやってこい！　やらないともっと水かけるぞ！」

「は、はいっ……」

逃げるようにその場から立ち去る。ちらっと後ろを振り返ると、碧生先輩が何事もなかったかのように、すました顔で水をまいている。

ひ、ひどい。なんなの、あれ！　いじめ？　パワハラ？　ひどすぎる！

だけど碧生先輩は背が高くてスタイルがいいから、水やりをやっているだけでかっこよく見えてしまう。悔しいけど……！

視線を下ろすと、わたしの制服に水がかかって濡《ぬ》れてしまっている。たぶん髪も濡れているだろう。

「もうー、朝からなんなのよぉ……」

ハンカチを取り出し、ぶつぶつ言いながら中庭に向かう。すると花壇の前でしゃがみ込んでいる女子生徒の姿が見えた。

「え、静香先輩？」

思わず声を漏らすと、顔を上げた静香先輩がにっこりとわたしに微笑みかけた。

「おはよう。夏希ちゃん」

ああ、静香先輩の笑顔には癒されるなぁ……碧生先輩とは大違いだ。

「おはようございます！」

わたしは静香先輩のもとへ駆け寄る。

「どうしたんですか？　静香先輩は当番じゃないはず……」

「ひまわりの様子を見にきたの。ほら見て、葉っぱがずいぶん増えてきたよ」

四月にわたしたちがまいた種は、芽が出て、どんどん成長している。

「かわいいねぇ……」

まだ小さな緑の葉を、ちょんと指先で触って、静香先輩が優しく目を細める。

「静香先輩って、本当にお花が好きなんですね？」

「うん。大好き」

朝陽を浴びて微笑む静香先輩。自分の好きなものを、堂々と好きって言える先輩が、わたしにはすごく眩《まぶ》しく見える。

「あれ、夏希ちゃんどうしたの？　髪、濡れてるよ？」

静香先輩の隣にしゃがみ込むと、不思議そうな顔をされてしまった。

「あー、静香先輩、聞いてください！　ひどいんですよ、碧生先輩ってば！　わたしにわざと水かけたんです！　描いてた絵はすっごく素敵だったのに、性格は極悪ですよね、あの人！」

「描いてた絵？」

静香先輩がさらに首をかしげた。

「碧生くんが、絵を描いてたの？」

「え、あ、はい。この前偶然見ちゃって」

「そうなんだ……」

静香先輩が顎《あご》に手を当てて、考え込むようなしぐさをする。

そういえば静香先輩は美術部だったっけ。もしかして静香先輩も、碧生先輩の絵を見たことあるのかな？

「あの、静香先輩も碧生先輩の絵、見たことありますか？」

顎から手を下ろした静香先輩が、わたしを見て答える。

「うん。中学のときだけどね」

「中学のとき？」

「わたし、碧生くんと同じ中学出身なの。美術部の先輩と後輩だったんだよ」

碧生先輩……美術部だったんだ。

静香先輩は静かに視線をそらし、ひまわりの芽を見下ろしながら口を開く。

「碧生くん、すごかったんだよ。絵画コンクールでいつも入賞していて、全校生徒の前で表彰されてた。すごい才能の持ち主だって、美術部内だけじゃなく、校内でも有名だったの」

「そ、そうだったんですか……」

わたしは驚いて、それ以上言葉が出てこない。

だってわたしの知っている碧生先輩は、いつだってやる気がなさそうで、面倒くさそうで。でも先輩の描いていた絵はすごく素敵だったから、才能のある人だっていうのはわかる。

「だけど高校に入ってからは、いっさい絵を描くのをやめてしまったみたい」

「えっ、なんでですか？」

静香先輩が顔を上げて、小さくつぶやく。

「わたしが中学を卒業したあと、いろいろあったみたいで……」

そこまで言ったあと、静香先輩は優しく微笑んだ。

「でも碧生くん、いまも描いてるんだ。よかった」

いろいろあったって……なにがあったんだろう。きっとわたしには、話しにくいことなのかもしれない。

「じゃ、わたしたちもお水あげようか」

静香先輩が腰を上げ、わたしも慌てて立ち上がる。

「あっ、当番はわたしですからっ、わたしがやります！　静香先輩はゆっくりしててください！」

静香先輩がくすくす笑っている。

碧生先輩が絵を破いて海に捨ててしまったことは、なんとなく静香先輩には話せなかった。

その日の放課後も、わたしは防波堤にやってきた。だけどそこに、碧生先輩の姿はない。

今日の空は青く、白い雲がぽっかりと浮かび、海はキラキラと輝いている。

「ほんとにもう、描かないつもりなのかな……」

素足を投げ出し、ぼんやりと水平線を眺めながら、今朝静香先輩から聞いた碧生先輩の話を思い出す。

コンクールでいつも入賞しているような、すごい人なんだって言っていた。校内でも有名だったたって。

わたしは肩を落とし、小さくため息をつく。

碧生先輩は、わたしとは違ったんだ。才能があって、キラキラ輝ける人だったんだ。それなのにどうしてあんなふうに顔を隠して、もう絵は「描かない」なんて言うんだろう。

海を睨《にら》んで、キュッと唇を噛《か》む。

ひどいよ。才能があるのにやめちゃうなんて。その才能が欲しくても、手に入れられない人だっているのに。碧生先輩はきっと、そういう人の気持ちなんか、考えたこともないんだ。

わたしはすっと立ち上がった。海風が吹き、前髪とスカートがあおられる。

防波堤の先端で、足の裏に力を込めた。思いっきり息を吸い込み、胸の奥のもやもやと一緒にまき散らす。

「碧生先輩の……バカー！」

叫んでから、違うなと思った。

違う、碧生先輩はひどくない。手に入れられないのは、わたしが頑張るのをやめてしまったから。ひどいのは、わたしのほうだ。

「わたしのほうがっ……もっとバカだー！」

結局わたしは、才能のある人を羨《うらや》ましがっているだけ。努力もせず、逃げまわって、こんなふうに陰で文句を言っているだけなんだ。

「だっさ……」

ふっと笑ってうつむいたら、目の奥がじんわりと熱くなった。両手を握り締め、ぎゅっと目を閉じる。

こんな自分が、わたしは嫌い。

こうやって逃げているだけの自分が、わたしは大っ嫌いなんだ。

その週は毎朝、いつもより早く家を出た。学校の最寄り駅で電車を降り、通学路をひとりで歩く。

この時間、人通りはまだ少ない。部活の朝練に向かう生徒が、ぽつぽつと歩いているくらいだ。

学校に着くと校舎には入らず、まっすぐ花壇のところへ向かった。すでに碧生先輩が来ていて、ホースで水をまいている。

その姿は見るからにやる気がなさそうだけど、毎朝サボらずに来ているってことに、わたしは感心していた。口と態度は悪くても、ちゃんとやることはやる人なのかもしれない。

わたしがそばに駆け寄ると、碧生先輩はマスクをしたまま顔をしかめる。

「遅い」

「先輩は今日も早いですね」

碧生先輩の家はどのへんなんだろう。学校から近いのかな？　聞いてみたいけど、聞いたら怒られそうだからやめておく。

碧生先輩がホースを高く上げる。朝陽を浴びた水に小さな虹《にじ》が架かる。青々とした葉っぱについた透明な水滴が、キラキラ輝いている。

そんな綺麗《きれい》な光景を見ていたら、この仕事もそれほど悪くはないな、なんて思えてきた。

「おはよう、夏希ちゃん、碧生くん。お疲れ様」

「あ、静香先輩！　おはようございます！」

静香先輩は当番でない日も、だいたいこの時間に登校して、花壇の様子を見ているそうだ。草花の成長が、毎日楽しみで仕方ないらしい。

「静香先輩、見てください！　ひまわり、また大きくなってますよ！」

「わぁ、ほんとだ。かわいい」

静香先輩がひまわりに向かって、優しく微笑みかける。

「花が咲くの、楽しみですね」

「うん。とっても楽しみ」

「きっと綺麗ですよ。わたしたちがこんなに大事に育ててるんですから！」

そんな会話をしながら、ちらっと碧生先輩のほうを見る。だけど碧生先輩は、わたしたちのことなどどうでもいいように、つまらなそうに水をまいていた。

その日の放課後、荷物をまとめて教室を出ると、廊下で声をかけられた。

「夏希！」

聞き覚えのある声に、嫌な予感が走る。

おそるおそる振り返ると、そこに立っていたのは同じ中学出身の加賀見真子《かがみまこ》だった。まっすぐ切りそろえられたボブヘアは、中学のころから変わっていない。

「やっとつかまえた。放課後夏希の教室行っても、いっつもいないんだもん。ずっと話したかったのに」

真子が一歩わたしに近づいてそう言った。わたしはそんな真子に言葉を返す。

「わたしは話すことないから」

自分の声が思ったより冷たいことに気づいたけど、言い直さずに背中を向ける。けれど真子は、そんなわたしの腕をぎゅっとつかんだ。

「ちょっと待ってよ、夏希！　なんでわたしから逃げるの？」

「べつに逃げてないし」

「だったらちゃんとこっち向いてよ」

真子の声が大きいせいで、廊下を歩いている生徒たちが、何事かとちらちら振り返る。なんだかすごく居心地が悪くなり、わたしはしぶしぶ真子のほうを向いた。

ちょっと太めの眉《まゆ》、ぱっちりした大きな瞳《ひとみ》。真子の顔をこんなに近くで見たのは久しぶりだ。真子のまっすぐな視線が、わたしに突き刺さって痛い。

「話ってなに？」

「部活のこと」

やっぱりな、と思ってため息を漏らす。真子はわたしの腕をつかんだまま、ちょっと首をかしげて聞く。

「ねぇ、ほんとに部活やらないの？　いまからでも陸上部おいでよ。先輩たちもすごくいい人たちだし……」

「やらない」

わたしの声に、真子がわかりやすく顔をしかめた。

「わたし、陸上はもうやめるって言ったじゃん」

「なんでよ。一緒にやろうよ。もう足の怪我は治ったんでしょ？　わたしは中学のときみたいに、夏希とまたやりたいよ」

廊下の窓から風が吹き込み、一瞬、中学校のグラウンドを駆け抜けていたときの気持ちがよみがえる。だけどわたしはすぐに視線をそむけて、真子に告げる。

「わたしは……やりたくない」

真子の手を振りほどいて、歩き出す。

「夏希！　待ってよ！」

その声には応《こた》えずに、足を速める。

お願いだから、これ以上言わせないでよ。これ以上言ったら、わたしは真子を傷つけてしまう。

真子と一緒にやりたくない。真子と並んで走りたくない。

だってわたしは──真子に絶対勝てないから。

でも真子は、わたしに勝てていい気分でしょ？　真子より遅いわたしがいたほうが、都合いいんでしょ？

そんな最低なことを言ってしまいそうで。

悪いのは真子じゃない。悪いのは足の怪我を言い訳にして、中途半端で逃げ出したわたしだって、わかっているのに。

放課後の、ざわつく校舎から外へ飛び出す。初夏の眩《まぶ》しい日差しが、頭の上に降り注いでくる。

苦い想いがあふれかえって、息が詰まりそうだ。

だからわたしは校門を出ると、迷わず急な坂道を駆け下りた。


「はぁっ、はぁっ……」

狭い坂道に、ローファーで駆けるわたしの足音が響き渡る。額にじんわりと、汗がにじんでくる。

少し走っただけで息が切れてきた。ちょっと前まではこんなことなかったのに。

小学生のころ、運動会のラストを飾る選抜リレーでは、いつもメンバーに選ばれていた。

『夏希ちゃんは走るの速いもんね』

『アンカーは夏希ちゃんしかいないよね』

『夏希ちゃんがいれば、うちのチームは絶対勝てるね』

周りのみんながそう言ってくれたし、わたしも走るのだけは自信があった。

『夏希、またリレーの選手に選ばれたんだって？　すごいじゃないか』

『運動会応援するからね！　頑張って！』

両親にとってもきっとわたしは、自慢の娘だったはず。

父は数日前からビデオカメラを用意して、母はご馳走《ちそう》の詰まったお弁当を作って、盛大に応援してくれた。

だから中学では陸上部に入って、もっともっと速くなりたいって思った。実際一年生のころは、女子部員の中で誰よりも速く走れたし。

わたしには才能があるって思っていた。誰にも負けない才能が。陸上競技場のグラウンドでは、誰よりもキラキラ輝けるって信じていた。

それなのに――。

いつの間にかどんどん周りのみんなに、身長も走るスピードも抜かされていって。

タイムが縮んだと喜んでも、それ以上にみんなのほうが速くなっていた。

手足を必死に動かしているのに、思うように前に進めない。まるで水の中でもがいているかのように。

やがて、いつもわたしの後ろを走っていたはずの真子にさえ、追いつけなくなってしまった。

どうして？　こんなはずじゃなかったのに。

悔しくて悔しくて、わたしなりに頑張ったつもりだった。朝も放課後も夢中で走った。でも練習すればするほど、周りのみんなと差が出てしまって。

中学最後の大会前、焦って無理したせいもあり、足を怪我して出場できなくなった。だけどそのとき、わたしはなぜかホッとしたんだ。これでプレッシャーから逃れられるって。

大会で表彰台に立つ真子の姿を見ながら、わたしには才能なんて、最初からなかったんだって思った。このまま走るのをやめてしまえば、きっと楽になれる。

だから高校生になって、足の怪我がすっかり良くなっても、陸上部には入らなかった。陸上以外の部活にも、入りたくなかった。

なにもやらなければ、誰かと比べることはない。誰かに負けて嫌な思いをすることも、誰かを妬《ねた》むこともない。

わたしは逃げたんだ。小さいころから大好きだった、走ることから。

「はぁっ……」

大きく息をつき、防波堤の手前で立ち止まる。今日もそこに人影はない。

ゆっくりと階段を上り、防波堤の上に立つ。

空は青く晴れ渡り、海は凪《な》いでいた。一艘《そう》の船が、沖にのんびりと浮かんでいる。

吹く風は心地よく、わたしの髪をなびかせる。

背中からリュックを下ろし、その場に落とした。そして一歩ずつ踏みしめるように、前へと進む。

逃げれば楽になれると思っていた。もう嫌な思いはしなくてすむと。

それなのにどうして、こんなに苦しいんだろう。

防波堤の先端で立ち止まる。片足ずつローファーを脱ぎ、靴下も脱ぎ捨てる。

コンクリートの上に裸足《はだし》で立つと、わたしは目の前に広がる海を睨《にら》みつけた。

毎日毎日、同じ場所から進めない自分がすごく嫌になる。

目を閉じ、深く息を吸い込んだ。そして胸にたまった自分に対しての嫌悪感を吐き出そうと、大きく口を開いたとき——。

「早まるな！」

叫び声が聞こえて、ハッとする。目を開いたわたしの体を、誰かが後ろから強く抱きしめた。あたたかいぬくもりが、じんわりと全身に伝わってくる。

「え……」

わけがわからず振り返ったら、やけに整った顔がすぐ近くに見えた。

「……碧生……先輩？」

碧生先輩がわたしを……抱きしめている？

「きゃあああ！　離してよ！」

次の瞬間、大声を上げたわたしは、碧生先輩の体を思いっきり突き放した。よろけた先輩が、防波堤の上に尻《しり》もちをつく。

今日の碧生先輩は、マスクも眼鏡もしていなかった。ただ驚いた顔で、わたしを見上げている。

「な、な、なにするんですか⁉」

「なにって……おまえこそ、なにしてるんだよ！　こんなとこから飛び降りようなんて！」

「飛び降りようなんてしてません！」

「してただろ！　靴脱いで、海に向かって飛び込もうと……」

「だから飛び込もうなんて思ってませんって！　裸足になってここから叫ぶと、気持ちいいからです！」

「は？」

碧生先輩がぽかんと口を開けた。

「死のうとしたんじゃないのか？」

「なんでわたしが死ななきゃならないんですか！　そんなことするわけないでしょ？」

するとみるみるうちに、碧生先輩の顔がしかめっ面に変わっていく。そして頬を真っ赤にして、わたしに怒鳴った。

「紛らわしいことするんじゃねぇ！」

「せ、先輩が勝手に勘違いしただけじゃないですか！」

わたしが言い返すと、碧生先輩は座ったまま、頭を抱えてうつむいてしまった。そしてかすかに聞こえるくらいの小さな声で、ひと言つぶやく。

「……よかった」

「え？」

わたしは突っ立ったまま、先輩のことを見下ろす。

「あの……碧生先輩？」

海風が吹き抜けて、波の音が聞こえた。碧生先輩はしばらく頭を抱え込んだあと、

「はぁー……」と長いため息をつく。それからゆっくり立ち上がると、わたしから離れ、港のほうを向いて座り込んだ。

怒ってる……のかな？　わたしがこんな場所で、紛らわしいことをしていたから。

「えっと、あの……ごめんなさい。ご心配……おかけしました」

気づけばわたしは、碧生先輩の背中に向かって謝っていた。

「だけどわたし……もやもやした想いをここで吐き出すと気持ちよくて……あ、バカみたいですよね？　笑ってください。自分でも笑えるなーって思ってるんですけど……でも大声で叫ぶと、なんかすっきりするっていうか……」

恥ずかしくなって、笑ってごまかした。しかし碧生先輩は、わたしに背中を向けたまま黙っている。

どうしよう。この微妙な空気……。

「あの……碧生先輩はどうしてここに来たんですか？」

おそるおそる聞いてみた。しばらく沈黙が続いたあと、先輩がぽつりとつぶやく。

「夕焼け見にきた」

「夕焼け？　ああ！　ここから見る夕焼け、すっごく綺麗《きれい》ですもんね！」

なんだかちょっと嬉《うれ》しくなる。わたしもこの防波堤から見るオレンジ色に染まる雲や、沈んでいく真っ赤な太陽は気に入っている。

それだけじゃない。どこまでも続く青い海も、頭の上に広がる水色の空も、遠くに見える緑の山も、空を飛び回る白い鳥たちも——全部大好きだ。

そういえば碧生先輩の絵に色はついていなかったけど、色がついたらもっと素敵になるだろうな、なんて思った。

「碧生先輩。今日は絵、描かないんですか？」

「描かねーよ」

わたしは思わず笑ってしまう。

「それは即答なんですね」

「うるせーな。ちょっと黙ってろ」

「はぁい」

返事をして、碧生先輩から離れたところに腰かけた。そこからちらっと、先輩の横顔を盗み見る。

今日は顔、隠してないんだ。学校じゃないからかな？

高い鼻、涼し気な目元、形のよい顎《あご》のライン。

碧生先輩の顔は、やっぱり綺麗に整っている。背が高くてスタイルもいいし、見た目は完璧《かんぺき》だ。しかも絵の才能があるなんて、なんだかできすぎで腹が立つ。

碧生先輩はなにか考え込むような顔つきで、黙って海を見ていた。わたしもその視線を追いかける。

海がオレンジ色に染まりはじめていた。今日の終わりが近づいている。

顔を上げると空も淡いオレンジ色で、思わず目を細めてしまう。

綺麗だなって思った。さっきまでもやもやしていた部活のことも、真子のことも、逃げてばかりいる自分のことも、なんだかどうでもよくなってきた。それよりも、気になるものがあったから。

もう一度、隣を見る。碧生先輩の横顔に夕陽が当たっている。

先輩は、どうして自分の絵を破り捨てたりしたんだろう。

なんで絵を描くのをやめてしまったんだろう。

もしかして本当は、まだ描きたいと思っているんじゃないのかな？

なにかきっかけがあれば、また描いてくれるのかな？

いつも偉そうで、口が悪くて意地悪だけど……碧生先輩のこと、もっと知りたい。

静かに暮れていく景色の中で、わたしはずっとそんなことを考えていた。

第三章　似た者同士

日曜日、わたしは電車に乗り、学校と家の中間くらいにある駅で降りた。この駅のそばには大きなショッピングモールがあり、週末は家族連れや若い人で賑《にぎ》わっている。

わたしも小学生のころは、よく家族と父の車に乗って買い物に来たけれど、中学生になってからは部活が忙しくなってしまったし、いまは一緒に遊びに行くような友人もいない。

だからここに来るのは、ずいぶん久しぶりだった。

はしゃいでいる子どもたちのあとに続いて、エスカレーターに乗る。吹き抜けになっている店内は、上のフロアから下のフロアが見下ろせる。たくさんの人たちが、それぞれの行きたい場所に向かって、楽しそうに歩き回っていた。

三階のフロアに着くと、わたしは文房具売り場に向かった。そしてきょろきょろとあたりを見まわしながら、お目当てのものを探す。

時々かわいいシャーペンなどに目を引かれ、寄り道しながら進んでいくと、やっとそれを見つけた。

「あった！」

スケッチブックだ。

しかしそこには、いろんな大きさのスケッチブックが並んでいる。

スケッチブックにも種類があるのか……。なんにも考えてなかった。

大きいサイズと小さいサイズを手に取り、比べてみる。美術の時間くらいしか絵を描いたことのないわたしには、どちらを買ったらよいのかさっぱりわからない。

ひとりで首をかしげていたら、誰かに肩をぽんっと叩《たた》かれた。

「夏希ちゃん！」

「え？」

驚いて振り向くと、そこには静香先輩が立っていた。

「静香先輩！」

「こんなところで会うなんて、すっごい偶然だね」

静香先輩が、花壇の花に見せるときと同じようににっこり微笑む。

今日の静香先輩は私服だ。ふんわりとしたブラウスにロングスカート。すごく静香先輩らしい。

一方わたしの服装は、家にいるときと同じTシャツにジーンズ。静香先輩に会うのがわかっていたら、もう少しおしゃれな服装してきたのにな、なんて思ったり。

「ほんとにびっくりです！　先輩この近くに住んでるんですか？」

「うーん、近くでもないかな？　わたしの家、高校の近くだから」

そうだったんだ。そういえば静香先輩と碧生先輩は同じ中学出身だと言っていたから、碧生先輩の家も高校の近くなのかな？

「今日は絵の具を買いに来たの。母と妹も一緒に」

静香先輩がそう言って振り返る。わたしもその方向を見ると、上品で穏やかそうな女性が小さく会釈して、その隣で小学生くらいの女の子がにこにこ笑っていた。

静香先輩のお母さんと妹さんだ！

わたしは思わず姿勢を正して、ぺこっと頭を下げる。

「夏希ちゃんは……スケッチブックを買うの？」

顔を上げると静香先輩が、わたしが持っているスケッチブックを見て聞いた。

「えっ、あっ、はい……まぁ……」

「夏希ちゃんも絵を描くんだ！」

静香先輩の顔が明るく輝き、わたしは慌てて首を横に振る。

「い、いえっ、全然描いたことないんですけど！　ただ、あの……ちょっと描いてみたい景色を見つけたもので……スケッチでもしてみようかな……なーんて」

言いながら、顔が熱くなる。美術の成績、5段階中3以上取ったことないのに……美術部員の前で偉そうに「スケッチしたい景色がある」なんて言っちゃって……恥ずかしい。

でも静香先輩は嬉しそうな声を上げた。

「わぁ、素敵じゃない！　描きたい景色を見つけたなんて、すっごく素敵！」

「だけどわたし……ほんとに下手くそなんで……」

「そんなの関係ないよ。夏希ちゃんの思うままに、楽しく描けばいいいんだよ」

楽しく描けばいい……。

その言葉が、じんわりと胸の奥に染み込んでくる。

静香先輩は、わたしの持っているスケッチブックを見ながら言う。

「どっちを買うか迷っているの？」

「は、はい。全然わからなくて……」

「初心者だったら小さいほうがいいかもね。持ち運びしやすいし」

「たしかに……いきなり大きな絵を描くのは大変そう……」

わたしは手に持っているスケッチブックを見比べてから、大きいほうを棚に戻した。

「こっちにします！」

そう言って小さいスケッチブックを目の前に掲げると、静香先輩が優しく微笑んだ。

「色は塗るつもりなの？」

「いやぁ、まだちゃんと描けるかどうかもわからないんで……描けたら考えます」

「そうだね。水彩もいいけど、わたしは色鉛筆も好きだよ」

「そっかぁ、色を塗るのにもいろんな画材があるんですね」

「またなにかわからないことがあったら聞いてね」

「はいっ！　ありがとうございます！」

静香先輩はにっこり笑って「じゃあ、またね」と手を振ると、家族と一緒に絵の具売り場のほうへ行ってしまった。

わたしは先輩の背中に手を振りながら思う。

やっぱり静香先輩は優しくて素敵だ。

そして手に持ったスケッチブックを見下ろし、心に誓う。

よし！　わたしも描いてみるぞ！

静香先輩に言った「描いてみたい景色がある」というのは本当だけど、実はもうひとつ、わたしには絵を描く目的があったのだ。


あれは金曜日の放課後のこと。

いつものようにひとりで校舎を出ると、ふとひまわりのことが頭に浮かんだ。今週は水やり当番ではないし、最近草むしりの招集もないので、ひまわりの成長を見ていなかったのだ。

大きくなったかな……。

一度気になったら、見にいきたい気持ちを抑えきれなくなった。

校門へ向かおうとした足を止め、くるりと向きを変える。

部活に向かう生徒たちの騒がしい声を聞きながら、中庭へ向かって進む。

園芸委員なんて、最初はまったく興味がなかったのに……こんなにひまわりが気になっている自分がすごく不思議だ。

「あっ……」

でもわたしの足は、中庭に入る前で止まった。なんとなく見てはいけないものを見てしまった気がして、さっと校舎の陰に隠れる。

そこからちょっと顔を出し、ひまわりの花壇がある中庭をのぞいた。

高い身長、すらりと長い手足。そこにいたのは碧生先輩だった。

マスクをつけている先輩は、授業で使うノートらしきものに、シャーペンでなにかを描いていた。

首を伸ばし、先輩の手元を盗み見する。わたしは視力がすごく良いのだ。

碧生先輩は絵を描いていた。成長しているひまわりを、慣れた手つきでさらさらとスケッチしている。

そのしぐさは、わたしたちが呼吸しているのと同じくらい、ごく自然に見えた。

「すごい……」

碧生先輩の持つシャーペンの先から、次々と繊細で美しい線が生まれていく。

絵なんか「描かない」って言っていたくせに。こんなところで、こっそり描いているなんて。

わたしは声をかけようと一歩足を踏み出し、やっぱりやめた。

声をかけたらこの前と同じように、あの絵を破り捨ててしまうような気がしたから。

その場に立ったまま、碧生先輩の横顔を見つめる。

強い視線、真剣な表情。いつもやる気がなさそうな碧生先輩の、こんな顔を見たのははじめてだった。

わたしはぎゅっと手のひらを握りしめた。その手にじんわりと汗がにじんでくる。

心臓がドキドキして、胸が苦しい。

やっぱり碧生先輩は、絵を描くのが好きなんだ。

自分でも気づかないうちに、自然と描いてしまうほど好きなのに、意地を張っているだけなんだ。

そっと校舎に背中を向け、海に向かって歩きながら考えた。

だったらどうしたら、碧生先輩が絵を描いてくれるようになるんだろう。

わたしは先輩が描いた絵を見たいのと同じくらい、先輩に好きなことをしてほしかった。

そうしてわたしの出した答えが、このスケッチブック作戦だったのだ。

スケッチブックを買った翌日、いつものように防波堤へ向かった。

よく晴れた空の下、今日もそこには誰もいない。

「碧生先輩……来ないかな？」

ぽつりとつぶやき、先端まで歩く。

今日も海は青く、太陽の光を反射してキラキラと輝いていた。まだ五月だというのに、空からは夏のような日差しが降り注ぎ、足元にわたしの影がくっきりと映る。

リュックを下ろし、靴と靴下を脱いだ。そしてその場に腰を下ろすと、リュックの中から真新しいスケッチブックと鉛筆を取り出した。

「よしっ、描くぞ！」

わたしが「描いてみたい」と思ったのは、ここからいつも見ていた風景。

もやもやした気持ちを吐き出すと少しだけ楽になれた、大切な場所。

そしてそんな風景をスケッチしているわたしを見たら、碧生先輩も絵を描きたくなってくるんじゃないかな、なんて思ったのだ。

わたしは鉛筆で線を引く。目の前に見えるものをそのまま描くだけなのに、同じように描けない。

「うーん……なんか違う」

首をかしげて、消しゴムで消し、もう一度線を引いてみる。

碧生先輩は迷いもなく、あんなにすらすら描いていたのに、わたしは水平線一本さえ上手《うま》く描けない。

というか、海を鉛筆一本で描くのって難しくない？

「むずっ……てか、これ、海なのかなんなのか、わかんないじゃん！」

思いどおりに描けなくて、また消しゴムでごしごしこすったとき、静香先輩の声が頭に浮かんだ。

『夏希ちゃんの思うままに、楽しく描けばいいんだよ』

わたしは消しゴムを持つ手を止めて、つぶやく。

「楽しく……かぁ……」

そうだよね。どう頑張ったって、わたしには碧生先輩みたいな絵は描けないんだから。だったら誰とも比べることはせず、自分の思うまま素直に描いてみようか。

空を見上げたら、海鳥が気持ちよさそうに飛んでいた。わたあめのような白い雲が、ふわふわと浮かんでいる。

消しゴムを鉛筆に持ち替えたわたしは、スケッチブックの空の部分に鳥の絵を描いてみた。

「ふふっ……」

思わず笑ってしまうほどブサイクな鳥だったけど、なんだか楽しくなってきた。

「雲も描いてみよう」

どうやったらあんなふわふわな雲が描けるのか、試行錯誤しながら鉛筆を走らせる。

「でも海を描くなら、やっぱり色を塗りたいなぁ……。うちにある色鉛筆、持ってきてみようかな」

やっぱり青だな。爽《さわ》やかな青！

そんなことを考えながら、思うままに描いてみた。

あたりがオレンジ色に染まりはじめたころ、なんとか完成した一枚は、小学生が図工の時間に描いたような絵だった。でもわたしにとっては記念すべき一枚だ。

「やったね！」

スケッチブックを空に向かって高々と上げる。出来栄えはともかく、なんだか清々《すがすが》しい気分だ。

ただ、わたしが描いている姿を碧生先輩に見てもらえなかったのは残念だったけど。

「いや、碧生先輩はいつか絶対ここに来る」

だって先輩は言っていた。『夕焼け見にきた』って。

きっとここから見る夕暮れの景色が好きなんだろう。

だからわたしが毎日ここに来ていれば、いつか先輩に会える。

そして楽しく絵を描いているわたしの姿を見て、自分も描きたいと思うはず。

日が暮れて、周りが薄暗くなってきた。わたしはスケッチブックをリュックにしまって、靴を履く。

明日《あした》も来よう。そしてここで絵を描こう。

重たいリュックを背負い、一歩足を踏み出す。家へ帰る足取りは、なぜかいつもより少しだけ軽かった。


それから毎日、わたしは放課後になると絵を描いた。

防波堤の先端からの景色だけじゃなく、港のほうを向いて描いてみたり、遠くの山や岬を描いてみたり。ときには昼寝している野良猫を描いてみたりもする。

そのうちなんだか楽しくなってきて……静香先輩がおすすめしてくれた色鉛筆を家から持ってきて、色も塗ってみた。

「うわっ、なんかこれ、上手くない？」

茶色い猫の絵を、そばで転がっていた猫に見せたら、あくびをひとつしてどこかへ行ってしまった。

「もうっ、なんとか言ってよ」

といっても、言うはずないか。

スケッチブックを置いて、あたりを見渡した。

今日もいい天気だが、碧生先輩の姿はない。

「あーあ……」

わたしはその場に、ごろんと大の字に寝転がった。

日差しが眩《まぶ》しい。風が蒸し暑い。夏がどんどん近づいてくる。わたしは目を閉じて考える。

碧生先輩、もうここに来ないのかなぁ……。

そういえばこの前の草むしりの日、先輩は不参加だった。学校に来ていなかったらしい。だからわたしはもうずっと、碧生先輩に会ってない。

「なんで来ないのよ……バカ」

目を閉じたまま、ぽつりとつぶやく。浮かんでくるのは、マスクをしていない碧生先輩の顔。

あれ、わたしどうしてこんなに、碧生先輩のことばかり考えてるんだろう。

スケッチブックを買いにいって、色鉛筆まで用意して、毎日ここで絵を描いて……。

なんでこんなことしてるんだろう。

「なにやってんだよ」

突然聞こえた低い声に、ハッと目を開ける。青い空を隠すように、わたしを見下ろしている整った顔。

「碧生先輩っ⁉」

驚いて体を起こすと、そばにしゃがんでいた碧生先輩が、わたしのスケッチブックを指差して言った。

「これ……うさぎ？」

わたしは慌てて、スケッチブックを手に取る。

「猫です！」

「は？　猫？」

かあっと顔が熱くなったわたしの手から、碧生先輩がスケッチブックを奪った。

「これ、おまえが描いたの？」

「キャー！　返してください！」

「いいから。ちょっと見せて」

「だめー！」

碧生先輩みたいな絵の上手い人に、そんなにじっくり見られたら……死ぬ！

だけど先輩はわたしに背中を向けて、スケッチブックをパラパラとめくっている。

「見ないでくださいってば！」

最初に描いた海の絵を見ている碧生先輩の手から、もう一度スケッチブックをひったくり胸に抱えた。

なんなの、なんなの？　急に現れないでよ！　いや、来るのを待っていたけど……ずっと来てほしいと思っていたけど……このタイミングじゃないんだってば！

「なんで？」

恥ずかしさと怒りで顔を上げられないわたしに、碧生先輩が聞く。

「なんで絵なんか描いてるんだよ？」

「なんでって……」

ちらっと顔を上げて、碧生先輩を見る。先輩はマスクも眼鏡もしていなかった。真っ黒な瞳《ひとみ》で、じっとわたしのことを見つめている。

わたしはごくんと唾《つば》を飲んでから、そんな先輩に向かって言った。

「わたしも絵を描いてみたくなったからです」

ぎゅっと胸の中のスケッチブックを抱きしめる。

碧生先輩は黙ってわたしを見ている。

「そしたら最近、ちょっと楽しくなってきて……猫がうさぎに見えちゃうほど下手くそだけど……」

「下手くそじゃねぇよ」

「え？」

思いもよらなかった言葉に驚くと、碧生先輩はすっと顔をそむけて言った。

「かわいいじゃん。おまえの絵」

か、かわいい？　わたしの絵が？　それはもしかして、小学生が描いたような幼稚な絵ってこと？　いやいや、ここは素直に誉め言葉と受け取ってもいいのかな？

再び顔がかあっと熱くなり、口元が自然とゆるんでしまう。

「あ、ありがとうございます！　あのっ、先輩も一緒に描きませんか？」

「描かねーよ。しつこい」

そう言うと立ち上がり、碧生先輩はわたしから離れる。そして港のほうを向いて、ひとりで座った。

意地っ張りだなぁ……素直になればいいのに。

心の中でつぶやいて、わたしも立ち上がる。そして碧生先輩から距離をとり、同じ方向を見て座る。そこでスケッチブックを開くと、鉛筆で絵を描きはじめた。

でもいいや。碧生先輩がそこにいてくれるだけで。

意地でも描かないつもりなら、わたしが意地でも描かせてみせるから。

そんなことを考えながら、碧生先輩と一緒に海を見つめる。

ゆっくりと変わっていく空の色。穏やかに打ち寄せる波の音。空を舞う海鳥たちの鳴き声。夕暮れの優しい風が、わたしたちの間を吹き抜ける。

わたしと碧生先輩はなにも言わず、ただ日が暮れるまで、同じ景色を眺めていた。


それからも毎日、わたしは放課後になると防波堤で絵を描いた。すると碧生先輩も、ここに来る日が増えていった。わたしが先に来る日もあれば、先輩が先に来ている日もある。


「あ、碧生先輩、こんにちは！」

今日も防波堤の先端で絵を描いていたら、碧生先輩がやって来た。そしていつものようにむすっとした顔で、わたしから離れた場所に腰かける。

ここで会うとき、先輩はマスクや眼鏡で顔を隠していない。

「碧生先輩、ここではマスクしないんですね？」

わたしが碧生先輩の横顔に言うと、面倒くさそうに答えた。

「おまえは鈍そうだからな」

「は？　鈍いって……どういう意味ですか！　それ！」

「おまえはなんにも考えてなさそうってこと」

「失礼すぎ！　わたしだっていろいろ考えてますけど！」

すると碧生先輩が口元にこぶしをあて、ぷっと噴き出すように肩を震わせた。

あ、笑った？　笑ったよね？　もしかして先輩が笑ったとこ、はじめてみたかも？

「先輩いま、笑いましたね？」

「笑ってねーよ」

碧生先輩がすっと顔をそむける。

「なにスカしてるんですか！　わたしのこと笑ったじゃないですか！」

「うるせーな、ほんとにおまえは」

そう言うと碧生先輩は頭に手を当て、仰向《あおむ》けに寝転がった。わたしはそんな先輩の姿を、少し離れた場所から見つめる。

横から見たときの鼻から顎《あご》にかけてのラインが、やっぱりすごく綺麗《きれい》だ。

わたしはスケッチブックのページをめくって、鉛筆を持った。そして少しずつ線を描いていく。先輩の横顔をちらちらと見ながら。

「なに描いてんだよ？」

突然碧生先輩がこっちを睨《にら》んだ。

「あ、すみません。先輩の顔、すっごく綺麗だったから描きたくなって」

「描くな」

「いいじゃないですか、ちょっとくらい」

「じゃあモデル料払え。百万」

「は？　高すぎ！　てか先輩、冗談とか言うんですね？」

「うるせぇ」

碧生先輩がごろんと背中を向けてしまった。

あーあ、先輩の綺麗な顔、描きたかったなぁ。でも猫をうさぎと間違われるほどのわたしの画力じゃ、先輩のイケメンさは伝えられないか……。わたしに先輩の半分、いや十分の一でもいいから画力があればいいのに。

わたしはスケッチブックと鉛筆を置くと、碧生先輩と同じように寝転んだ。

やがて青い空がオレンジ色に変わりはじめる。

海風を受けながら、潮の匂いをすうっと吸い込んだとき、碧生先輩がひとりごとのようにつぶやいた。

「あんまり赤くないな」

「え？」

「空の色」

意味がわからず、首をかしげたわたしの耳に、先輩の声が響く。

「夕焼けの色って、季節によって違うんだ。冬はオレンジっぽくて、夏は赤い」

「そうなんですか？　知らなかった」

夕焼けと言えば、全部オレンジ色なんだと思っていた。

「空気が澄んでる冬のほうが綺麗だって言われてるけど、おれは夏のほうが好きだ」

寝転んだまま隣を向く。碧生先輩はじっと空を見つめている。

「その中でも、燃えるように真っ赤な空が見たくてここに来てる」

そうつぶやく先輩の目は、なんだか少し寂しそうで、空よりももっと遠いところを見ているような気がした。

「燃えるように……真っ赤な空」

碧生先輩から目をそらし、わたしも空を見る。たしかに今日の夕焼けは、そこまで赤くは見えなかった。

「今日は……違うんですね?」

「ああ、違う」

「いつか見たいな。わたしも、真っ赤な夕焼け」

すると隣から、かすかな声が聞こえてきた。

「おれも……見たいよ」

願うような碧生先輩の声が、わたしの胸にじんわりと沁《し》み込んだ。

その日は午後から雨が降ってきた。雨の日は防波堤で絵が描けない。

そういえば傘持ってくるの、忘れちゃった。朝、母から『今日は雨が降るから、傘、忘れずに持っていきなさいよ！』って言われたのに。濡《ぬ》れて帰ったら、怒られるだろうなぁ……。

教室の窓についた雫《しずく》を眺めながら、小さくため息をつく。

チャイムが鳴り、今日最後の授業が終わった。周りの子たちがおしゃべりをはじめる中、わたしは黙々と荷物をまとめる。

入学して二か月。友だちがまったくいないわけじゃない。話しかけられれば笑顔で応《こた》えておしゃべりするし、移動教室のとき一緒に歩くクラスメイトも、机をくっつけてお弁当を食べる仲間もできた。

でも親友と呼べるような子はいない。みんなそれぞれ部活や塾に忙しそうだから、授業が終わって教室を出れば、わたしはひとり。休日に待ち合わせをして遊ぶような子もいない。

そういえば中学のころ仲がよかったのは、みんな同じ陸上部の子だった。一緒に部活をやって、一緒に帰って、部活が休みの日にはみんな一緒に遊びにいった。

あの子たちはどうしているだろう。仲間の中でこの高校に進学したのは、わたしと真子だけだ。真子はみんなと会ったりしているのだろうか。

そんなことを考えて、わたしはふるふるっと首を横に振る。

いいんだ。わたしはこれで。仲よくなって、その子たちを妬《ねた》んだり、恨んだりしたくないんだ。あのころみたいに……。

ひとりで教室を出ると、ざわつく廊下を抜け昇降口まで進む。玄関の前に立ち、雨の降る空をぼんやりと見上げた。

花壇に咲いている青いあじさいは、しっとりと雨に濡れている。

「はあ……」

そしてもう一度ため息をついたとき、背中に声をかけられた。

「夏希」

振り向くとそこに真子が立っていた。胸の奥がきゅっと痛む。

「傘、持ってないの？」

わたしは黙って顔をそむける。

「ねぇ、夏希。夏希はそんなにわたしのこと嫌い？」

「えっ」

驚いてもう一度振り向いたら、真子がじっとわたしを見ていた。

「わたしのこと嫌いになったんでしょ？」

「べつに嫌いだなんて……」

「じゃあどうして一緒に部活やってくれないの？　夏希あんなに走るの好きだったじ

ゃん」

真子がわたしの前に立つ。わたしはうつむき、奥歯をぎりっと嚙《か》みしめる。

知らない女子グループが、楽しそうにおしゃべりしながら、わたしたちの横を通り過ぎていく。彼女たちが雨の中に、色とりどりの傘を開くのが、視界の隅に映る。

「ねぇ、もう一度考え直してよ」

真子の声が耳に響く。

「いまからでも大丈夫だから。もう一度一緒に陸上やろうよ」

その瞬間、心の中で抑えていたなにかが弾《はじ》けて、言葉になってあふれ出た。

「やらないって言ってるでしょ！　しつこい！」

真子が目を見開いてわたしを見ている。その顔を見ながらわたしは思う。

なにこれ。これって、意地を張っている碧生先輩と同じじゃない？

目の前に立つ真子の顔が、悲しそうに歪《ゆが》んでいく。

わたしは真子に背中を向けると、外に飛び出した。

降りしきる雨の中、花壇の脇を走り抜け、校門を出る。そのまま傘もささずに、坂道を駆け下りた。

真子の気持ちはわかる。ずっと一緒に走ってきた友だちだから。

きっと目標もなくふらふらしているわたしを、心配してくれているんだ。

それなのにわたしは、真子のことを傷つけて、あんな顔をさせて……最低だ。

前髪から雨の雫が滴り落ちて、手の甲でぐいっと目元を拭《ぬぐ》う。

でも、もう結果を出せず、みじめな思いはしたくない。真子や仲間のことを、妬みたくない。

嫌だ、嫌だ。もう嫌だ。

こうやって逃げてばかりいる自分が、大嫌いだ。

「はぁっ、はぁっ……」

坂道が終わり、海が見えたところで足を止める。少し全力で走っただけで、息が切れてしまう自分が情けない。

ずぶ濡れのまま、港の脇をとぼとぼと歩いた。水たまりを踏みつけるたび、ローファーにじわじわと雨水が染み込んでくる。

こんな雨の日、あの野良猫はどうしているんだろう。濡れてなければいいけどな、なんて頭の隅で考える。

階段を上り、防波堤の上に立つ。

今日の海は荒れていた。いつもとは違う灰色の海面に、白い波が立っている。テトラポッドに何度も、強い波しぶきがかかる。

そんな海を眺めながら、もう一度目元をこすった。

周りのみんなはちゃんとやっているのに、どうしてわたしはちゃんとできないんだろう……。

わたしだけ、置いてきぼりだ……。

そのまま立ちつくしていると、突然頭の上に傘がさしかけられた。わたしはハッと後ろを振り返る。

「碧生先輩？」

雨の中、わたしに傘をさしかけていたのは碧生先輩だった。

あの真っ黒な瞳《ひとみ》で、じっとわたしのことを見下ろしている。

わたしは慌てて一歩あとずさった。碧生先輩は手を伸ばし、さらに傘をさしかけてくる。

「ど、どうして……？」

「昇降口で友だちともめて、外に飛び出して行くのが見えたから」

見てたの？　どうしよう……恥ずかしい……。

うつむいたわたしのそばに碧生先輩が立つ。

ぽつぽつと傘を叩《たた》く雨の音。少し強い海風。テトラポッドに打ちつける荒れた波。

しばらく黙り込んだあと、わたしはぼそっと口を開いた。

「わたし……逃げたんです。陸上から」

　こんなこと碧生先輩に言うつもりはなかった。でもひと言、口に出した途端、わたしの言葉は止まらなくなった。

「結果が出せなくて……負けるのが嫌で……みんなを逆恨みしてしまいそうで……だから足の怪我を言い訳にして逃げたんです。一番好きだったことから」

　碧生先輩は傘を持ったまま、黙ってわたしの声を聞いている。

「でもそんなふうに逃げまわっている自分が……すごく嫌い。大っ嫌い」

　ずっとずっと閉じ込めていた想い。誰にも言えなかった気持ち。それをわたしはいま、碧生先輩の前で口にしていた。

「怪我なんかとっくに治ってるくせに、もう一度走り出す勇気がわたしにはないの。逃げてばかりのこんな足なんか……なくなっちゃえばいいのに」

　傘の中で、小さく息を漏らす。うつむいて、びしょ濡れになった足元を見下ろす。すると雨の音に交じって、碧生先輩の声が耳に聞こえた。

「おれもだよ」

　静かに顔を上げると、わたしを見ている碧生先輩と目が合った。

「おれだって逃げてる。だから同じだ」

　わたしは黙って碧生先輩の顔を見つめる。

きっと先輩は絵から逃げているんだろう。だけどその理由をわたしは知らない。わたしに話してはくれない。

碧生先輩がポケットの中に手を入れて、小さく折りたたんだ紙を出した。それをわたしの前に差し出す。

「これ」

「え？」

「走ってる姿が綺麗《きれい》だったから。忘れたくなくて、とっさに描いた」

意味がわからないまま受け取り、メモ用紙のような紙を開く。

そこには雨の中走っている、制服姿の女の子の絵が鉛筆で描かれていた。

「これ……わたし？」

目を丸くして顔を上げると、碧生先輩がうなずいた。

「え、うそ……すごい……」

それにいま、『走ってる姿が綺麗』って言わなかった？　そんなこと言われたの、生まれてはじめてだ。

バクバクと心臓が暴れ出す。紙を持つ手が震えてしまう。

恥ずかしい。恥ずかしいけど……すごく嬉《うれ》しい。

「こ、この絵、もらってもいいですか？」

「勝手にすれば」

碧生先輩がどうでもいいような口調で答える。

「もらいます！　ありがとうございます！　宝物にします！」

わたしは両手で、小さな絵を胸に抱きしめる。

「大げさなんだよ、いちいちおまえは」

なんだかおかしくなって笑ったら、碧生先輩もふっと笑った。

傘の下で、先輩にもらった絵を丁寧に折りたたみ、ポケットにしまう。

「危ないからもう帰るぞ」

「……はい」

碧生先輩が背中を向けて歩き出す。どうしたらいいのか戸惑っていると、傘をこっちに差し出した。

「早く入れよ。駅まで送るから」

「えっ、でも、それは悪いし……」

「遠慮するようなガラじゃねぇだろ。さっさと来い」

わたしが急いで駆け寄ると、碧生先輩がこっちに傘を傾けてくれた。

「な、なんか……優しくないですか？　今日の先輩」

「べつに。いつも通りだけど？」

これがいつも通りだと言うのなら、碧生先輩はすごく優しい人だ。

防波堤から下りて、ひとりで走ってきた狭い坂道を先輩と歩く。時々肩がぶつかりそうになり、わたしはさりげなく体を離す。

碧生先輩の家はどこなんだろう。高校の近くなら電車には乗らないはずだから、遠回りさせちゃうんじゃないだろうか。

ちらっと隣を見ると、碧生先輩はまっすぐ前を見ながら歩いていた。

わたしよりずっと背が高くて、足も長い先輩。

わたしの歩調に合わせてくれていると感じるのは、気のせいだろうか。

ポケットに手を入れて、先輩にもらった絵を手のひらで包み込む。

「碧生先輩……ありがとう」

つぶやいたわたしの声が、雨の音とともに消えていった。

第四章　なにも知らない

それから三日間、雨はしとしとと降り続いた。どうやらわたしの住む関東地方も、梅雨入りしたらしい。

真子とはあれ以来、話していない。たまたま廊下ですれ違ったとき、真子はあからさまに顔をそむけていた。

当たり前だ。真子にひどいことを言ったのは、わたしなんだから。

真子の悲しそうな顔を思い出すと胸が痛くなって、謝らなくちゃって思うのに勇気が出ない。

何度か真子のクラスをのぞいてみたけれど、声をかけることができず、逃げ帰ってしまった。

そしてそのままずるずると、日にちだけが過ぎていったのだ。

やっと晴れた日の放課後、わたしが防波堤に行くと、先端に誰かが座っていた。

「碧生先輩……」

スカートをきゅっと握りしめる。

碧生先輩にまた会えた。

雨の日、びしょ濡《ぬ》れだったわたしに、傘をさしかけてくれた先輩のことを思い出す。

一歩ずつ足を前に踏み出す。先輩の背中が近づいてくる。

心臓の鼓動が速い。この胸のざわめきはなんなんだろう。

いままで感じたことのない想いに戸惑って、それを振り払うように明るい声を出す。

「碧生先輩っ！　こんにちは！　来てたんですね！」

ゆっくりと振り返った碧生先輩が、いつものしかめっ面をする。

「あいかわらず、うるせぇな、おまえは」

「あのっ、この前はありがとうございました！　駅まで送ってもらって、助かりました！」

案の定母には、『なんで傘持っていかなかったの！』『人の話をちゃんと聞かないからよ！』『あんたは注意力が足りない！』と怒られてしまったけれど。

ぺこっと頭を下げてから、そばに近づく。

「あっ！」

そこでわたしはまた声を上げてしまった。

「先輩！　絵、描いてたんですね！」

「だからいちいち騒ぐなって」

碧生先輩は迷惑そうにそう言うと、わたしから視線をそむけた。そして手に持った小さいスケッチブックに、さらさらと鉛筆で風景を描く。

わたしは口を閉じ、その動きを見つめた。先輩の手は魔法でも使っているかのように、目の前に見える風景と、まったく同じ風景を紙の上に描き出す。

やっぱり碧生先輩はすごい人なんだ。わたしみたいな素人が『一緒に描きませんか』って誘うなんて、身の程知らず過ぎた。

「ううっ……」

急に自分が恥ずかしくなって、頭を抱えた。先輩がわたしを見て、顔をしかめる。

「今度はなんだよ」

「すみません……わたしが先輩と一緒に絵を描くなんて……百億万年早いですよね」

「は？　いいからおまえもここに座れ」

碧生先輩の声にわたしはぽかんと口を開けた。先輩は自分の隣を指差して言う。

「おまえも絵、描くんだろ」

「あ、は、はい！」

わたしはリュックを下ろして、碧生先輩の隣に座った。先輩は前を向き、鉛筆を動かしながらつぶやく。

「べつにおまえに言われたから、描いてるんじゃないからな」

わたしは碧生先輩の横顔を見て、くすっと笑う。

「わかってますって」

「夕方までの、ちょっと暇つぶしに描いてるだけだから」

「はいはい」

碧生先輩は本当に素直じゃない。わたしに言われたくないだろうけど。

前を向くと、青い海の先にまっすぐな水平線が見えた。わたしは両手を空に突き上げ、思いっきり伸びをする。

なんだか今日は、この手が空にまで届きそうな気分だ。

「あ、そういえば、碧生先輩ってわたしの名前知ってます?」

「は?」

横を見たら、こっちを見ている碧生先輩と目が合った。

「だっていつもわたしのこと『おまえ』って言うでしょ?」

「名前くらい知ってる」

「じゃあ言ってみてください」

ちょっと意地悪してみたくなり、にっと笑って顔を近づける。碧生先輩はむっと怒った表情をしてから、低い声でつぶやいた。

「夏希」

心臓が大きく跳ねる。

あれ、なにこれ？　自分で言わせたくせに、心臓がバクバクしてきた。

「だろ？」

「ひゃい、そうです……」

あ、噛《か》んだ。

碧生先輩が首をかしげて、わたしから顔をそむける。

「これからそう呼ぶわ」

「そ、そうしてください」

肩をすくめてうつむいた。

落ち着け、落ち着け。碧生先輩に名前を呼ばれたくらいで、なにテンパってんの？

でも碧生先輩が悪いんだ。だって声までイケメンなんだもん。こんな完璧《かんぺき》な人、この世界に実在したんだ。しかも同じ学校の、こんな近くに。

気を取り直すように、リュックからスケッチブックと色鉛筆を取り出した。今日はこの前描いた絵に、色を塗ろうと思っていたんだ。

海風を受けながら、そっとページを開く。隣からは鉛筆を動かす音が聞こえてくる。

こんなふうに、碧生先輩と並んで絵を描くことができるなんて。

わたしの願いが叶《かな》ったはずなのに、どうしてこんなに心臓がうるさいの？

ちらっと隣を盗み見したら、碧生先輩は真剣な表情で海を見つめていた。絵を描いているときの先輩は、どこまでもまっすぐでかっこいい。

わたしは青い色鉛筆を取り出すと、自分のスケッチブックを見下ろした。そして白い紙の上に、青い色をのせていく。わたしの絵が、青でいっぱいになる。

手を止めて、スケッチブックを高く上げ、目の前の海と比べてみる。

あいかわらず小学生が描いたような絵だけど、けっこう楽しく描けたんだ。

「夏希」

名前を呼ばれて、またドキッとする。碧生先輩はこっちに手を差し出している。

大きい手のひらに、長い指。手までイケメ……。

「色鉛筆貸して」

「えっ、な、なに色ですか？」

「青」

わたしは持っていた青い色鉛筆を先輩の手に渡す。

「サンキュ」

碧生先輩はその手で、さらさらと色を塗りはじめた。わたしは憧《あこが》れのまなざしで、その動きを眺める。先輩の手が、神の手のように見えてきた。

そのとき先輩の手が止まり、ぷっと噴き出すように笑う。

「名前……書いてある」

「え？」

碧生先輩が色鉛筆をわたしに見せる。そこには幼いわたしの字で『二ねん一くみにしくらなつき』と書いてあった。

「そ、それはっ！　小学生のころ使ってた色鉛筆だからっ」

「かわいいじゃん」

色鉛筆を見ながら、碧生先輩が笑みを浮かべた。そして何事もなかったかのように、また色を塗りはじめる。

か、かわいいって……。

わたしは慌てて首を横に振る。

いや、べつにわたしのことをかわいいって言ったわけじゃないし！

だけど胸のドキドキが止まらない。

ああ、もう無理。なんだか今日のわたし、すごく変だ。

碧生先輩のせいで、全然集中できないよ。

そんなことを思いながら、スケッチブックをぱたんと閉じた。

わたしは絵を描くのをあきらめて、海を眺めた。碧生先輩は黙って、色鉛筆を動かしている。

遠く聞こえる波の音。海風が優しく吹き抜けて、わたしは先輩の隣でそっと目を閉じる。そして、今日の夕焼けは何色かなぁなんて、ぼんやりと考えた。

その日から碧生先輩は、それまで以上によく防波堤に来るようになった。

「碧生先輩、こんにちは！」

今日もわたしが防波堤に行くと、碧生先輩はすでに腰を下ろしてスケッチブックを広げていた。最近先輩はわたしよりも早くここに来て、絵を描いている。

碧生先輩は鉛筆を持った手を止め、冷たい目でわたしを睨《にら》む。

「あいかわらず、声がでかいな。夏希は」

「元気だなって言ってください！」

わたしがにっと笑うと、碧生先輩は面倒くさそうに顔をそむける。

今日の空はどんよりとした曇り空だった。でも雨は降っていない。

雨が降らなくてよかった。雨が降ると、ここで碧生先輩に会えないから。

「あっ」

そのときわたしは気がついた。先輩のそばで丸くなっている、茶色い縞々《しましま》の猫に。

「その猫！　わたしがこの前描いた子だ！」

そっと近づき、碧生先輩のそばにしゃがみ込む。猫に触れようと手を伸ばし、途中で止めた。

時々見かけるこの猫は、わたしが触ろうとするといつも逃げてしまうからだ。

でも──なんで？

わたしは手を止めたまま、首をかしげる。

今日の猫は碧生先輩の腰のあたりにピッタリくっついて、おとなしく丸くなっている。なぜか先輩にはなついているようだ。

「碧生先輩って……友だちいないのに、猫には好かれるんですね」

「は？　おまえはいつもひと言多い」

碧生先輩はまたわたしを睨んでから、大きな手でそっと猫を撫《な》でた。猫は嫌がる素振りも見せず、気持ちよさそうに目を閉じている。

猫を撫でる先輩の手つきがすごく優しくて、胸の奥がじんわりとあたたかくなる。

「こいつの名前はトラっていうんだ。ずっと前からここらへんをうろついていて、近所の人が面倒みてくれてる」

「え、よく知ってるんですね」

驚いたわたしに、碧生先輩は猫を撫でながら応える。

「おれ、前はよくここに来てたから」

「前っていつですか？」

「中学のころ」

そうだったんだ。

碧生先輩に撫でられているトラが、ごろごろと喉《のど》を鳴らしはじめた。

「だから先にこの場所に来たのはおれだ。夏希のものじゃない」

「べつにわたしのものだなんて言ってないですけど？」

「ひとり占めしようとしてただろ？」

「まぁ、最初のころは。ここで叫ぶと気持ちよかったんで、誰も来なければいいなぁって思ってました。でも碧生先輩なら、いてもいいですよ？」

「なんだそれ。いちいち生意気なんだよ、おまえは」

碧生先輩の手が伸びてきて、わたしの髪をくしゃっと撫でた。

「ひゃっ！」

驚いたわたしは、その場に尻《しり》もちをついてしまう。先輩もちょっと焦った顔をして、すぐに手を引っ込めた。

「あ、ごめん。猫と間違えた」

「ね、猫……」

「最初のころ、トラもすっげー生意気だったからさ。いまはこんなに懐いてるけど」

猫と一緒にしないでほしいんですけど！

軽く笑った碧生先輩が、わたしから視線をそらす。そしてスケッチブックを見下ろし、また黙って鉛筆を走らせる。

わたしは立ち上がると碧生先輩から少し離れた場所に腰かけた。ちらっと隣を見たら、先輩は真剣な顔つきでスケッチをしている。

碧生先輩に触られた前髪に、そっと触れてみた。いまごろになって顔が熱くなってきて、それを忘れるためにわたしも絵を描きはじめた。


数日後の放課後、園芸委員会の集まりがあった。てっきり碧生先輩に会えると思っていたのに、先輩は来なかった。学校を休んでいるらしい。

「ではこれで、今日の委員会を終わります」

静香先輩がそう言って、委員の生徒たちがガタガタと席から立ち上がる。わたしは机に頬杖《ほおづえ》をついたまま、窓の外を眺めた。

今日はしとしとと雨が降っている。グラウンドには水たまりができていて、運動部の姿は見えない。

これじゃ防波堤に行けないな……。

「どうしたの？　夏希ちゃん」

そばを通りかかった静香先輩に声をかけられた。

「なんだか今日、元気ないね？」

「え、そうですか？」

姿勢を正して静香先輩を見上げる。先輩はにっこり微笑んでわたしに言う。

「碧生くんが来てないからかな？」

「な、なんでですか⁉」

思わず声を上げてしまい、慌てて口元を押さえる。教室に残っていた生徒が数人、こちらをちらっと振り向いた。

碧生先輩に言われたように、わたしの声は大きいらしい……。

肩をすくめたわたしを見て、静香先輩がくすくす笑っている。

「だって夏希ちゃんと碧生くん、いつも仲がよさそうだもの」

「べつに仲なんてよくないです。碧生先輩には『うるせぇ』とか、『声がでかい』とか言われてばかりだし。わたしは碧生先輩のこと、なんにも知らないし」

そうなんだ。放課後あの防波堤で会うようになっても、碧生先輩は自分のことを話さない。だからわたしは先輩のそばにいても、先輩のことなんてなにも知らないのだ。

「今日学校を休んでることだって知らなかったし、なんで休んでるのかも知らないんです」

つぶやいてから、顔を上げる。

「碧生先輩、どこか具合でも悪いんですか？　時々学校休んでますよね？」

静香先輩は「うーん……」と首をかしげる。

「わたしもよくは知らないけど、具合が悪いわけではないみたいだよ？」

「じゃあサボり？　碧生先輩ならやりそう」

静香先輩がまたくすくす笑う。

「直接聞いてみればいいじゃない？」

「え？」

「夏希ちゃんなら聞けるでしょ？　水やり当番のペアなんだし」

「そ、それは関係ないです！」

「それに碧生くんって、いつも夏希ちゃんのこと、すっごい優しい目で見てるよ？」

「は？」

わたしは口をぽかんと開けてフリーズしてしまった。

碧生先輩がわたしを優しい目で？　いやいや、ありえないでしょ。先輩はいつもわたしのこと睨《にら》んでばかりだもん。

「夏希ちゃんは気づいてないかもしれないけど」

「そ、そんなのありえません！　碧生先輩いっつも意地悪だし！」

わたしは喉の奥から声を押し出す。

「でもわたしにはそう見えるよ？　碧生くんにとって夏希ちゃんは、きっとかわいい後輩なんだよ」

静香先輩の声を聞きながら考える。もしそうだとしたら……。

「たぶん先輩は……わたしのこと、猫みたいに思ってるんだと思います」

「猫？」

「海の近くにいる野良猫です」

静香先輩がくすっと笑う。

わたしは自分で言って、なんだか虚《むな》しくなった。

なんだろう、このもやもやした気持ちは。

すると静香先輩が、わたしの肩をぽんっと叩《たた》いて言った。

「明日《あした》は来るといいね。碧生くん」

なんだかすごく恥ずかしくなって、うつむいて答える。

「……はい」

静香先輩が「じゃあね」と去っていく。わたしはポケットからそっと、折りたたんだ紙を取り出した。周りに誰もいないか確かめて、静かに膝《ひざ》の上で開く。

碧生先輩が描いてくれたわたしの絵。

『走ってる姿が綺麗《きれい》だったから』

ちょっと照れくさいけど、あの日からずっとお守りのように持ち歩いているんだ。

『直接聞いてみればいいじゃない？』

絵を見ながら、静香先輩の声を思い出す。

なんで今日、学校を休んだんですか？

なんで学校では、顔を隠しているんですか？

なんで絵を描くことから、逃げているんですか？

聞きたいことはいっぱいあるのに……なぜかわたしはそれを聞けない。

聞いたらこのふわふわした関係が、壊れてしまいそうで……怖いんだ。

小さくため息をついてから、絵をポケットに戻した。

窓の外は、まだ雨が降り続いている。青いあじさいの花だけが、どこか生き生きとしているように見える。

わたしは席を立つと、ひとりで教室をあとにした。


翌日の午後に雨は止んだ。授業が終わると教室を飛び出し、坂道を駆け下りる。

やがて目の前が開け、梅雨の合間の青空が頭上に広がる。

大きく息を吸い込んでから、わたしは防波堤の上まで駆け上がった。

「……いない」

だけどそこに、碧生先輩の姿はなかった。

「今日も学校休んでるのかな……」

学年の違うわたしには、先輩が学校に来ているのかわからない。

やっぱりわたしは碧生先輩のこと、なんにも知らないんだ。

背中のリュックを足元に下ろし、防波堤の端に座った。もうすっかり見慣れた青い海が、目の前に広がっている。

潮の匂いを吸い込んでそれを深く吐き出したとき、背中にわたしを呼ぶ声が響いた。

「夏希！」

振り返ると、碧生先輩がこっちに向かってくるのが見えた。

「碧生先輩！」

思わず叫んで立ち上がってしまう。しかし碧生先輩はなぜか私服だった。首をかしげるわたしの前で、先輩は立ち止まり空を見上げる。

「晴れたな。今日」

「あ、はい。そうですね」

碧生先輩が両手を上げ、気持ちよさそうに伸びをしている。

わたしは横目でちらっと、その姿を見る。

黒いTシャツにカーキ色のカーゴパンツ。シンプルな服なのに、先輩が着こなすとなんだかすごくかっこいい。

それに病気ではなさそうなので、とりあえずは安心した。

「そうだ、これ。いつも色鉛筆貸してもらってたお礼」

碧生先輩がボディバッグの中から、プラスチックの小さな箱のようなものを取り出した。

「え、なんですか？」

「絵の具。使うだろ？」

「絵の具？」

受け取って蓋《ふた》を開けると、箱がパレットのような形になって、いろんな色が並んでいた。

「わ、かわいい」

「固形水彩絵の具。水で溶かしながら使う」

「これ絵の具なの？　学校で使ってたチューブ式のじゃないんだ」

「外でスケッチするなら、それのほうが使いやすいと思って」

碧生先輩はそう言うと、わたしの前に筆を差し出した。

「これもやる」

「なんですか、これ。普通の筆と違う……」

「この部分がスポイトになってるから、ここに水を入れて使うんだ」

「へぇー」

わたしは感心しながら、碧生先輩から筆を受け取る。よく見るとスポイトの中には、すでに水が入れてあった。すぐ使えるように、入れてきてくれたのかな？

「これ……わたしにくれるんですか？」

「ああ。さっき店で見かけて、いいなって思ったから買ってきた」

碧生先輩はそう言って、いつものように腰を下ろす。わたしはそばにしゃがみ込み、詰め寄るように尋ねる。

「さっきって……どこか行ってたんですか？」

「ああ、ちょっと」

「ちょっとって……学校サボってたんですか？」

碧生先輩が面倒くさそうに顔をしかめた。

「サボってねーって。ちゃんと許可もらってる」

「許可って……」

言いかけてやめた。碧生先輩がそっぽを向いてしまったからだ。

これ以上詮索《せんさく》しないほうがいいのかも。しつこくして、先輩に嫌われたくない。

「絵の具……ありがとうございます」

碧生先輩の横顔に言ったら、「どういたしまして」と小さな声が返ってきた。

わたしは絵の具セットを胸に抱きしめ、少し離れた場所に座る。

碧生先輩はバッグの中からスケッチブックを取り出し、それをパラパラとめくっている。わたしはそんな先輩の横顔をちらっと盗み見た。

たまに寝ぐせのついている伸ばしっぱなしの髪が、今日はきちんとセットされている。眉《まゆ》もきりっと整っているし、なんだか気合入れてかっこよくしているような雰囲気だ。

どこに行ってきたんだろう。もしかして……学校サボって、年上の彼女とデートとか？

少し変わり者だけど、こんなにイケメンなんだもの。彼女がいたっておかしくない。

碧生先輩に釣り合うような彼女って、きっとめちゃくちゃ美人でめちゃくちゃスタイルいい人なんだろうなぁ。

わたしみたいな子とは正反対の……。

ちくっと胸の奥に痛みが走る。

「夏希」

碧生先輩が急にこっちを向くから、わたしは慌てた。

「な、なんですか？」

「これ、どう？」

先輩がわたしにスケッチブックを見せてくれる。

そこに描いてあったのは、野良猫トラの絵だった。

肉球のついた手で、顔をこすっているところだ。目を閉じて、ぺろっと舌を出している。

「うわぁ、トラだ！　めっちゃかわいい！」

碧生先輩の描いたトラは、わたしの描いたトラとは比べ物にならないほどリアルに描けている。いまにも動いて、こちらに飛び出してきそうだ。ここまで差があると、落ち込むというレベルではない。ただただ尊敬だ。

「じゃ、色塗るから絵の具貸して」

碧生先輩がわたしに手を差し出す。

「は？」

「筆も」

「あの、これわたしにくれたんじゃないんですか？」

「いいじゃん。一緒に使えば」

わたしは口を尖《とが》らせる。結局自分が使いたくて、買っただけなんじゃないの？

「もうー」

腰をずらして碧生先輩に近づく。そしてその手に筆をのせ、ふたりの間に絵の具を置いた。

「どうぞ。ご自由に使ってください」

「サンキュ」

碧生先輩がちょっと不敵な顔つきで笑いかける。不覚にもドキッとしてしまい、わたしはふいっと横を向く。

でも絵の具のおかげで、碧生先輩との距離が近づいちゃった。

防波堤から足を投げ出し、先輩の隣でスケッチブックを開く。

ほとんど会話はなくても、こうやってふたりでいる時間はとても居心地がよかった。


それからはまた、碧生先輩と絵を描く日々がはじまった。雨の降っていない日は、ほとんど毎日この防波堤で、先輩と一緒に絵を描く。

最初のころ、離れた場所に座っていたわたしたちだったけど、最近は隣同士に座って描くようになった。

そして夕暮れになると、ふたりで空を眺める。だけどまだ、先輩が見たいと言っていた『燃えるように真っ赤な空』は見えていない。

調べてみたら、より赤い夕焼けが見られるのは、湿度の高さや雲の多さ、それから雨の降ったあとなど、様々な気象条件が揃《そろ》ったときらしい。

「碧生先輩、これ見てください」

その日、わたしはイラスト風に描いてみた、ひまわりの絵を碧生先輩に見せた。今回、色はクレヨンで塗った。

「中庭のひまわりが咲いたらきっとかわいいだろうなぁって思って、描いてみました」

ひまわりにはにこにこ笑っている顔を描いた。小学生……いや、幼稚園児が描いたような絵になってしまったけど、なかなかかわいく描けたと自分では思っている。

「ふうん」

碧生先輩はあまり興味なさそうにわたしの絵を見ると、「ちょっと貸して」とスケッチブックを奪った。そして黄色や緑のクレヨンを使ってさらさらと絵を描くと、わたしの膝《ひざ》にスケッチブックを戻した。

「一本じゃ寂しそうだったから」

「わぁ……」

わたしの描いたひまわりの周りに、たくさんのひまわりが増えている。どのひまわりも、わたしのひまわりと同じにこにこ笑顔だ。

「ひまわり畑だ！」

「あとは……これか？」

碧生先輩が、わたしの膝の上のスケッチブックに手を伸ばす。距離が近づき、肩と肩がわずかにぶつかって、心臓が跳ねる。

けれど先輩は、ドキドキしているわたしにおかまいなく、空に赤いクレヨンで太陽の絵を描いた。太陽もにこにこ笑っている。まるで絵本のような世界が広がって、わたしの心がほっこりとした。

「碧生先輩って、こんなかわいい絵も描けるんですね！」

「そのひまわりキャラ作ったの、夏希だろ？」

「でもわたしの描いたひまわりが、こんな素敵な絵になるなんて」

やっぱり碧生先輩はすごい。

わたしはすぐ隣にいる先輩に向かって聞いてみる。

「もしかして漫画とかアニメのキャラも描けますか？」

「知ってるやつなら」

「じゃあわたしの推しキャラ描いてくれません？」

一番気に入っているアニメキャラクターの名前を言うと、碧生先輩は迷いもせずさらさらとスケッチブックに描きはじめた。

「うわぁ……」

あっという間にできた鉛筆画は、本物そっくりだ。

「なんでなにも見ないで描けるんですか⁉　てか、そんなにメジャーなアニメじゃないのに、よくわかりましたね！」

「おれもそのアニメ好きだから」

「えっ、ほんとですか？」

「でもおれが好きなのはこっちのキャラかな」

碧生先輩がまた別のキャラクターの絵を描いた。こちらも特徴をつかんでいて、すごく上手《うま》い。

「すごい！　他のキャラも描けます？」

「描けるけど」

先輩の手から、次々とキャラクターが生まれてくる。わたしはワクワクした気持ちで、スケッチブックをのぞき込む。

ちらっと先輩の横顔を見ると、子どもみたいな無邪気で生き生きとした表情をしていた。

やっぱり碧生先輩は、絵を描くのが好きなんだ。きっと小さいころからずっと、こうやって楽しそうに絵を描いていたんだろうな。

それなのになんで、好きなことから逃げてしまったんだろう。

『夏希ちゃんの思うままに、楽しく描けばいいんだよ』

頭に静香先輩の声がぼんやりと浮かぶ。

もしかして碧生先輩は、楽しく描けなくなっていたのかな。

わたしが楽しく走れなくなってしまったのと同じように。

スケッチブックに勢ぞろいしたキャラクターを眺めながら、わたしはそんなことを考えていた。

第五章　裸足になって

それからテスト期間に入り、しばらく防波堤へは行けなかった。前回の中間テストでひどい点数を取ってしまったため、今回はちゃんとやらないとヤバかったのだ。

クラスのみんなは部活をやりながら、テスト勉強もしっかりやっていた。受験が終わってすっかり気がゆるんでいたのは、わたしくらい。またみんなに置いていかれてしまった。

母にも叱られたし、これはまずいと自分でも反省し、今回は真面目に勉強した――つもりだ。

テスト二日目の今日、教室で問題を解きながら、なにげなく窓の外を眺める。どんよりとした分厚い雲の隙間から光が差し込み、青い空がわずかに見える。

早くテスト終わらないかな。あの防波堤に座って、また碧生先輩と絵を描きたいな。

気づけばそんなことばかり考えていて、わたしは慌ててシャーペンを握り直すと、テスト用紙に向き合った。

「ただいまぁ」

明日でテストが終わるという日。家に帰ると母がリビングのソファーに座って、テレビを観ていた。今日は仕事が休みらしい。

「お帰り。テストどうだった？」

わたしはうんざりした顔で答える。

「まあまあかな……」

「ちゃんと勉強してるの？　今度また点数が悪かったら……」

「ちゃんとやってるよ」

母の言葉をさえぎって、リビングのソファーにどかっと腰を下ろす。背もたれに体を預け、天井を見上げながらつぶやく。

「あー、お腹すいたぁ」

母がわたしを見て、あきれたようにため息をついた。

「まったく夏希はだらしないんだから」

わたしは頬をふくらます。

「お兄ちゃんだっていつもこうじゃん。毎日勉強頑張ってるんだから、少しくらい休ませてよ」

「はいはい。お昼ご飯作るから、ちょっと待ってなさい」

立ち上がった母が、リビングから出ていく。わたしはふうっと息を吐き、チャンネルを変えようとリモコンを手に持つ。だけどそこで動きを止めた。

テレビの画面には、袴姿《はかますがた》の高校生たちが映っていた。書道部の全国大会らしい。体育館のような広い場所に大きな紙を広げて、太い筆で大胆に文字を書いている。

「うわー、すごっ！」

書道なんて学校の授業でしかやったことないけど、あんなふうに思いっきり書けたら気持ちいいだろうなぁ。

「そうだ。わたしもやってみようかな」

あの防波堤に大きな紙を広げて、絵の具で思いっきり絵を描けたら……気持ちよさそう。

もう一度ソファーに寄りかかり、天井を見上げて目を閉じる。

窓の外は雨。でもわたしの頭の中には、青い空と青い海がどこまでも広がっていた。

テスト最終日は晴天だった。午前中で学校が終わると、わたしは校舎を飛び出し、坂道を駆け下りた。

早く、早く、あの場所へ行きたい。

約束したわけじゃないけれど、そこに行けば碧生先輩に会えるような気がしていた。

港のそばを走り抜ける。ひなたでのんびり、トラが昼寝をしている。

防波堤の上に駆け上がった。わたしの目に映ったのは、背の高い後ろ姿。

「碧生先輩！」

振り向いた碧生先輩が、無表情のまま軽く手を上げる。

やっと会えた。

わたしの心が、今日の空のように晴れ渡った。


「で、テレビで観たんですけど、すっごい大きい絵を描いてみたいと思いませんか？」

靴と靴下を脱ぎ、防波堤から足を投げ出し、コンビニで買ってきた菓子パンを食べながら、わたしは碧生先輩に自分の想いを打ち明けた。

「ここにばーっと大きい紙を広げて、でーっかい筆で、ぶわーっと絵を描くんです！」

両手と両足を思いっきり広げて、精一杯胸を張る。

伝わったかな？

ちらっと隣を見てみたら、碧生先輩が無言でパンを食べている。そして食べ終わると、袋をぐしゃっと丸めながら、あきれたような表情でわたしに言った。

「夏希、おまえ、テストはできたのか？」

「え？」

「テスト中、そんなバカなことばかり考えてたんだろ？　うちの学校、一応進学校だから、ちゃんとやらないとマジでやばいぞ？」

「バ、バカなことじゃないですよ！　青空の下でおっきい絵を思いっきり描いたら、きっと気持ちいいだろうなーって思って……」

碧生先輩と一緒に。

だけど先輩はため息をついて、無言のまま立ち上がる。

「碧生先輩？　どこ行くんですか？」

まさかわたしにあきれて、もう帰っちゃうとか？　せっかく会えたのに、それは嫌だ。しかし碧生先輩の口から出たのは、意外な言葉だった。

「ついてこい」

「へ？」

「紙と絵の具と筆が必要だろ？　貸してやるからついてこい」

「ど、どこに？」

「おれのうち」

碧生先輩のうち？

呆然《ぼうぜん》とするわたしを残し、先輩が防波堤を歩いていく。そして階段の手前で振り返り、声を上げた。

「なにやってんだ。でっかい絵、描くんだろ？　早く来い」

「は、はいっ！」

わたしは立ち上がると、碧生先輩のあとを追いかけた。

なんだかよくわからないけど、わたしは先輩のうちに行くことになったらしい。

碧生先輩の家は、海から歩いて十分くらいの高台にある大きな一軒家だった。

あたりはお金持ちそうな家が立ち並ぶ閑静な住宅街で、丘の上からは海が遠くまで見渡せる。

「わぁ、ここが碧生先輩のおうちですか？　すっごく素敵！」

お花がたくさん咲いている、ヨーロッパ風の広い庭。壁に蔦《つた》が絡まる、三角屋根のレトロな洋館。

まるで絵本に出てくるような世界だ。こんなおしゃれで素敵な家を現実に見たのははじめてかも。

「碧生先輩ってもしかして……お金持ちのお坊ちゃま？」

「そんなんじゃねぇよ。父親が古いこの家を気に入って、おれが子どものころ、無理して中古で買っただけ」

碧生先輩はお城みたいにかっこいい門扉を開けて庭を進むと、鍵《かぎ》で玄関を開けわたしに言った。

「勝手に入って。誰もいないし」

「おうちの人は？」

「母親は仕事。父親は数年前に家を出ていった」

「え……」

「うちの両親もともと不仲だったから。まぁ、よくある話」

碧生先輩が平然と言う。

よくある話……なのかな？　うちの親も時々喧嘩《けんか》するけど、どちらかが家を出ていったことなんて一度もない。

「お、おじゃまします……」

碧生先輩に続いて、しずしずと家に入る。つやつやした木の床は掃除が行き届いているようで、とても綺麗《きれい》だ。玄関に置いてある壺《つぼ》も、敷いてあるマットも、壁にかかった絵画も、なんだか高級そうに見えてちょっと緊張してしまう。

「入っていいよ」

一階にある重厚なドアを開け、碧生先輩が言った。おそるおそる中をのぞいたわたしは、思わず声を上げてしまった。

「うわぁ、すごい！」

部屋の中は絵の道具でいっぱいだった。

イーゼル、キャンバス、たくさんの画材……。それに美術室のような独特な匂い。よくわからないけど、これがアトリエというやつなのかもしれない。

「こ、ここ、碧生先輩の部屋ですか？」

「違う。父親の部屋だったとこ」

「先輩のお父さんって、もしかしてプロの……画家？　とか？」

「全然売れなかったみたいだけどな」

「やっぱりプロなんですね！　じゃあ先輩はお父さんの英才教育を受けてたってことですか？」

「教えてもらったことなんか一度もねぇよ。うちの親、放任主義だから。おれは子どものころから両親にほったらかされて、暇つぶしにひとりで絵描いてただけ」

碧生先輩が両開きの大きな窓を開ける。爽《さわ》やかな風が吹きこんで、白いカーテンがふわりと揺れた。外はテラスになっていて、その先に緑の庭と青い海が見渡せる。

「すごい！　素敵！」

「すごいすごいって、大げさなんだよ、夏希は」

「だってすごいですよ！　うちは普通のマンションで、こんな綺麗なお庭はないし。狭いし、古いし、窓から見えるのは隣のマンションや道路だけだし」

「じゃあ引っ越してくる？」

「へ？」

「うち、部屋いっぱいあまってるから」

「は？」

それって、どういう……。

「冗談に決まってるだろ」

碧生先輩が平然とした顔でそう言って、ふいっと背中を向ける。

「もうー！」

だけどたしかに部屋はいっぱいありそうだ。こんなに広い家で、先輩はお母さんとふたり暮らし……わたしだったら、寂しくなってしまうかも。

碧生先輩はその場にしゃがみ込み、絵の具や筆をごそごそと出しはじめた。

わたしは先輩の背中を見つめながら考える。

先輩は寂しくないのかな？　お父さんは出ていったなんて、なんでもない顔で言っていたけど……この部屋に入るたび、お父さんのことを思い出したりしないのかな？

そっと碧生先輩から視線をそらし、部屋の中をゆっくりと歩いてみる。

部屋にはキャンバスに描かれた、油絵らしき絵が無造作にたくさん置いてあった。だけどどれも抽象的過ぎて、なにを描いているのかさっぱりわからない。

「これ……誰の絵ですか」

「父親の」

碧生先輩が背中を向けたまま答える。

やっぱりプロの芸術家が描く絵は、わたしみたいな素人には理解できないのかも。

うーんと頭をひねったとき、壁際に立てかけてある一枚の絵に気づき足を止める。

そこに描いてあったのは、あの防波堤から見た景色だった。他の絵とは違ってわたしでもわかる。青い海、まっすぐな水平線、空に浮かぶ白い雲、飛び交う海鳥……。

わたしの目に、いつも見ている風景が鮮やかに浮かんでくる。

でも……その絵にはカッターで削られたような、バツ印がついていたのだ。

「どうして……」

それを見ていたらなんだか悲しくなって、涙が出そうになった。

こんなに素敵な絵なのに……どうしてこんなかわいそうなことをするんだろう。

「これも……お父さんの絵ですか？」

わたしが聞くと、碧生先輩が立ち上がりそばに来た。そしてその絵を後ろ向きにして、部屋の隅に押しやる。

「もしかしてそれ……碧生先輩が描いたんですか？」

碧生先輩は大きくため息をつき、わたしに模造紙のような大きな紙や、絵の具の入ったカバンを持たせた。

「いいからこれ持ってろ。それとこれとこれも」

「うわっ」

先輩がほうきやモップ、それにバケツや洗面器まで持たせてくる。

「なんですか！　これ！　大掃除でもするんですか？」

だけど碧生先輩はそれには答えず、デッキブラシを一本肩に担いで「行くぞ」と部屋を出ていく。

「ちょっとー！　わたしにばっか持たせてずるいです！」

「夏希が描きたいって言ったんだろ？　だったらそのくらいおまえが持て」

「ひどっ！　そのくらいって、ほとんど全部じゃないですかー！」

やっぱり碧生先輩は鬼だ。優しさの欠片《かけら》もない。

大荷物を持ち、先輩を追いかけようとして足を止める。なんとなく気になって振り向くと、裏返しにされた絵がどこか寂しそうに残されていた。


碧生先輩の家で調達した画材や掃除道具を持って、もう一度防波堤に向かった。あたりにはまだ、午後の日差しがさんさんと照りつけている。

「紙、そこに広げて」

碧生先輩にデッキブラシで指示され、わたしは防波堤の上に紙を広げる。かなり大きな紙だったけど、テレビで見た紙よりはずいぶん小さい。

「貼り合わせるか」

碧生先輩がボンドを取り出した。それを使って、先輩と一緒に紙と紙を貼り合わせると、一枚のすごく大きなキャンバスができ上がった。

「うわー、すごい！」

碧生先輩が何色かの絵の具をバケツや洗面器に出して、水で溶かす。

「描いてみてもいいですか？」

うなずいた先輩の前で、一番太い筆を取る。そして洗面器の青い絵の具をつけて、紙の上にすうっと線を引いてみた。

だけどなんだか小ぢんまりとしている。紙が大きすぎるんだ。

「もっと大胆にいけよ」

碧生先輩の声に振り返る。

「どうやって？」

先輩がスラックスの裾《すそ》をまくり上げた。それから靴と靴下を脱いで裸足《はだし》になる。

「一番デカいのは……これか」

手に取ったのは大きな刷毛《はけ》だった。それを絵の具の中にひたすと、腕を大きく動かして、紙の上を勢いよく走らせる。

みるみるうちに爽やかな青色が、白い紙に広がった。

「わあっ！　海の色だ！」

「夏希もやってみな」

「うん！」

わたしも裸足になり、碧生先輩から大きな刷毛を受け取る。同じように青い絵の具をたっぷりつけ、紙の上を走るようにして刷毛をすべらせた。

振り返ると鮮やかな青色が見えて、清々《すがすが》しい気分でいっぱいになる。

「次はこれ」

モップを手にした碧生先輩が、バケツの中にどぷんっと大胆に突っ込んだ。わたしは驚いて、目を丸くする。

先輩は全身を使って、モップで大きく色を塗った。青い海が白い紙の上にさらに広がっていく。

そっか。あのモップ、そのために持ってきたんだ。だったら……。

「わたしもやりたい！」

わたしはそばにあったデッキブラシを持つと、水色の絵の具にひたした。そして紙の上に裸足で立って、ごしごしとこするように塗りたくる。

白い紙がみるみるうちに、今日の空のような水色に変わっていく。

碧生先輩は緑の絵の具をモップにつけ、青の上に重ねていく。深い深い海の色。

わたしはデッキブラシをほうきに持ち替え、白い絵の具にひたしてから、水色の上を走った。空に白い雲が、すうっと伸びていく。

「いいじゃん」

「いいでしょ！」

わたしが笑ったら、碧生先輩も笑った。なんだか子どものころに戻ったみたいで、すごく楽しい。

足の裏に絵の具がつき、走ったところに足跡ができる。それがおもしろくて、手足をバケツに突っ込み、紙の上にぺたぺたと手形や足形をつけた。

碧生先輩が刷毛や筆に白い絵の具をつけて、しぶきのようにまき散らす。制服に絵の具が飛び散ったけど、もうどうでもいいや。

顔を上げたら、先輩の顔に絵の具がついている。

「先輩！　顔についてるよ！」

「夏希だってついてんぞ！」

腕でこすったら、ふたりとももっとひどくなって、おかしくて笑ってしまった。

青空の下、大きな紙の上を走り回る。気づけば青と水色と白をめちゃくちゃに塗りたくっていて、でもそれはこの防波堤からいつも見ている、海と空と雲のようにも見えた。

「あー、気持ちいいー！」

手も足も制服も絵の具だらけになって、わたしは碧生先輩に言った。

「碧生先輩、楽しいですね？」

さっきまで楽しそうにしていた碧生先輩が、ふっと我に返ったように表情を変えた。

そして手に持っていたモップを下に置く。

「先輩は絵を描くの、好きなんでしょ？」

碧生先輩はなにも答えない。わたしはそんな先輩に言う。

「好きなのに、どうしてもう描かないなんて言うんですか？　どうして好きなものから、逃げようとするんですか？」

しばらく黙り込んだあと、碧生先輩がぽつりとつぶやいた。

「逃げれば……楽になれると思ったから」

わたしの胸がきゅっと痛む。

『もう一度一緒に陸上やろうよ』

『やらないって言ってるでしょ！』

思い出すのは真子との会話。逃げているのはわたしも同じだ。

みんなに負けるのが悔しくて。人と比べるのに疲れてしまって。

逃げれば楽になれると思っていた。

でも碧生先輩はわたしとは違う。だって先輩には才能がある。わたしみたいに負けるのが悔しかったり、人と比べて落ち込んだりするわけがない。

それなのにどうして……。

「そろそろ片付けるぞ」

碧生先輩がわたしから顔をそむけた。その表情はさっきまでと違って、どこか寂しそうだ。わたしは先輩に、こんな顔はしてほしくないのに。

「わたし……碧生先輩にはずっと、楽しく描いていてほしいです」

わたしの声が、風に流れていく。

「今日みたいに楽しく……」

「おれは」

碧生先輩の声が、わたしの言葉をさえぎった。

「楽しく絵なんか描いてちゃだめなんだよ」

なんで？

心の声は、喉《のど》につっかえて言葉にならない。

背中を向けてしまった碧生先輩は、それ以上なにも話してくれなかった。

「ただいまぁ……」

家に帰るとキッチンからいい匂いが漂ってきた。途端にわたしのお腹が、ぐうっと音を立てる。

今日は体を使って絵を描いたから、部活をやったあとと同じくらいお腹が減った。

そういえばこんなにお腹がすいたの、久しぶりかも。

わたしは鼻をひくひくさせながら、母のいるキッチンに顔を出す。

「いい匂い。今日はカレー？」

「ああ、夏希、お帰り……」

そう言って振り返った母が、いきなり顔をしかめて怒り出した。

「ちょっとあんた！　なんなのその格好！」

「え？」

わたしは自分の服を見下ろす。

電車に乗る前、学校に寄って、グラウンドの水道で手足は洗ってきたんだけど……

制服のスカートにも、白いワイシャツにも、青や緑の絵の具が点々とついていた。

「制服こんなに汚して……顔にもなんかついてるわよ！」

「うそぉ……洗ってきたんだけどなぁ……」

ごしごしこすったら、手に青い絵の具がついた。

碧生先輩と描いた、あの大きな絵を思い出す。

「まったく、どこでなにしてきたのよ。高校生にもなって、みっともない」

母はぶつぶつ文句を言っている。

「あ、でもこれ水彩絵の具だから、すぐに落ちるって先輩が……」

「いいから早くお風呂《ふろ》に入って、制服も洗いなさい！」

「はぁい……」

「明日《あした》までに乾くかしら……ほんとにもう……」

母の声を聞きながら脱衣所に行く。鏡で自分の顔を見ると、泥んこ遊びをした子どものように、頰や鼻に絵の具がついている。

「でも、楽しかったよなぁ……」

きっと碧生先輩も楽しかったはず。子どもみたいに楽しそうに笑っていたもの。

それなのにどうしてあんなこと言うの？

『楽しく絵なんか描いてちゃだめなんだよ』

たぶん碧生先輩が中学生のころ、なにかがあったんだ。

でもそれを先輩は話してくれない。

同じ場所で同じ景色を見て同じ絵を描いていても……碧生先輩はわたしなんかに、心を開いてはくれないんだ。

それがどうしようもなくもどかしくて悔しくて、わたしはごしごしと絵の具のついた顔をこすった。

第六章　戻れない過去

　翌日の放課後、園芸委員会で草むしりの招集がかかった。しかしそこに碧生先輩は現れなかった。

　わたしはひとりで中庭の草むしりをしながら考える。

　碧生先輩、今日も学校を休んでいるんだろうか。昨日はあんなに元気だったんだから、やっぱり病気ではないと思う。

　この前休んだ日も、『許可もらってる』なんて言っていたし。なにか特別な理由があるんだろう。

　でも「特別な理由」ってなんなんだ？　「特別な理由」があれば、学校を休んでもいいの？　ていうか、休みすぎじゃない？　進学校だから『ちゃんとやらないとマジでやばい』ってわたしに言ったくせに、自分のほうがやばくない？

「はぁ……わからない」

　胸の奥がもやもやして、自然とため息が漏れてしまう。

　わたし、どうしてこんなに、碧生先輩のことばかり考えているんだろう。

「夏希ちゃん」

そんなわたしに声がかかった。顔を上げると、隣にしゃがみ込んだ静香先輩が、にこっと微笑みかけてくれた。

今日の静香先輩は長い髪をポニーテールに結っている。どんなヘアスタイルの先輩もとっても素敵だ。

「碧生くん、来てないね？」

静香先輩の口から出たその名前にどきっとする。

わたしが碧生先輩のこと考えてたって、もしかしてバレてる？

「え、ああ、そうですね」

へらっと笑って答えたけど、静香先輩はなんでもお見通しのような表情で微笑んでいる。

わたしは下を向き、何本か草を引っこ抜いたあと、静香先輩に向かって口を開いた。

「あの……わたし昨日、碧生先輩と絵を描いたんです」

「碧生くんと絵を？」

「はい。先輩すごく楽しそうで……」

青空の下で笑っていた、碧生先輩の顔を思い浮かべる。

「でも碧生先輩は、絵から逃げてるっていうんです。逃げれば楽になれると思ったって……それに自分は楽しく絵を描いたらだめなんだとも言ってました。どうしてそんなこと言うのか、わたしには全然わからなくて……だって先輩はすごく絵が上手《うま》くて、周りからも認められてた才能のある人なんですよね？　逃げる必要なんてないし、思うままに楽しく描けばいいのにって思うんですけど」

静香先輩が少し顔を曇らせた。そしてしばらく考えこむような表情をしてから、穏やかな口調でわたしに言った。

「才能のある人にしかわからない悩みも、あるのかもしれないね」

わたしは黙って静香先輩を見る。

「わたしね、中学生のころ、碧生くんのこと羨《うらや》ましいって思ってたの。美術部の中で誰よりも絵が上手くて、誰よりも目立ってたから。たぶんそう思ってた子、他にもたくさんいたと思う」

静香先輩が目を伏せる。

「もしかしたらそのせいで、碧生くんが嫌な思いをしたこともあったと思う。碧生くんはなにも悪くないのにね。人って嫉妬《しっと》心が強すぎると、相手を傷つけちゃうこともあるから」

わかる。だってそれはわたしだから。真子や部活の仲間に嫉妬して、声にこそ出さなかったけど、心の中ではみんなのことを妬《ねた》んでいた。

わたしのことを心配してくれた真子に、ひどい態度もとっちゃったし……。

みんなが悪いわけじゃないって、頭ではわかっているのに。

碧生先輩はわたしとは逆の立場で、他の人から妬まれたり、恨まれたりしたことがあったのかも。

静香先輩が顔を上げ、穏やかな表情を見せる。

「わたしはね、高校に入ってから人と比べるのはやめたんだ。だってわたしはわたしだもん。好きなことを楽しく続けられればいいかなって、思えるようになった」

その言葉が胸に沁《し》み込む。

わたしもそう思えればいいのに……そうすればまた、真子と一緒に走ることができるのに……。

黙り込んだわたしを見て、静香先輩はくすっと笑った。

「だけど碧生くんは、夏希ちゃんに救われてると思うよ？」

「えっ、わたしに？」

静香先輩がうなずく。

「だって絵から逃げてたのに、また描きはじめたんでしょ？　きっとそれは夏希ちゃんに出会えたからじゃないのかな？」

わたしはふるふるっと首を横に振る。

「そんなことないです！　救われたのはわたしのほうだしっ」

真子から逃げ出した雨の日、先輩が傘をさしかけてくれた。

『おれだって逃げてる。だから同じだ』って声をかけてくれた。

一緒に絵を描いてくれて、絵を描く楽しさを教えてくれた。

わたしは碧生先輩に救われているんだ。

「ねぇ、夏希ちゃん、見て」

静香先輩がひまわりの葉っぱを指差す。

「すごく大きくなったねぇ」

ひまわりはぐんぐん背丈が伸びている。雨にも風にも負けず、まっすぐ育っている。

「ひまわりも成長してるんだから、わたしたちも成長しないとね」

静香先輩はそう言って、にっこり笑いかけてくれた。

その日の放課後、碧生先輩は防波堤に来なかった。

でもこの前みたいに、ひょっこり私服姿で現れるかも？

そんなことを期待しながら夕暮れどきまで待ったけれど、碧生先輩に会うことはできなかった。

そして翌日の放課後も、その翌日も……碧生先輩は防波堤に現れなかった。

わたしは手にしたスマホをじっと見下ろす。画面に表示されているのは、碧生先輩の電話番号。

以前、水やり当番のペアになったとき、『なにかあったときのために、相手の連絡先を聞いておくように』と担当の先生に言われた。

『連絡先交換してくれますか？』

ほとんどの人が使っているメッセージアプリを開いて尋ねると、碧生先輩は面倒くさそうな顔で答えた。

『アプリ持ってない』

『え？』

『スマホほとんど使わないから』

『は？　動画見たり、ゲームやったりしないんですか？　あとSNSとか』

『嫌いなんだよ、そういうの』

機嫌悪そうに言った碧生先輩は『もしものときのために』と、一応スマホの電話番号を教えてくれた。でも電話ってハードル高い。メッセージなら気軽に送れるんだけどな。それに突然電話なんかして、迷惑がられたら嫌だし。

わたしは電話番号が表示されている画面を閉じた。

だけど碧生先輩に会えない毎日は、なんだかもやもやして……。

翌週の放課後、勇気を出して二年生の教室まで行ってみた。もちろんこんなところに来るのははじめてだ。

一年生のわたしにとって、二年生の教室は未知の世界。おそるおそる碧生先輩のクラスをのぞいてみたけど、やっぱり先輩の姿は見えない。

「あの……碧生先輩って……今日は来てますか？」

ちょうど教室から出てきた男子グループに、思い切って尋ねてみた。男子生徒たちが、顔を見合わせて首をかしげる。

「へ？　碧生って誰？」

「永瀬碧生先輩です」

「永瀬？　うちのクラスにそんなやついたっけ」

「もしかしてあの、いつもマスクしてるやつ？」

「あー、そういえば最近学校来てねーなー」

クラスでの碧生先輩は、まったく存在感がないらしい。たしかに学校にいるときは、いつもマスクと眼鏡で顔を隠しているし、前髪も長めでウザいし、きっと教室の隅でむすっと座っているだけの陰キャなんだろう。

「ありがとうございました」

ぺこっと頭を下げて、校舎を出る。

「やっぱり学校にも来てないんだ……」

一体どこでなにをしているんだろう。まさか本当に女の子とデートしてたり……しないよね？

重たい足取りで坂道を下り、ひとりで防波堤の上に立つ。

海風が吹き、わたしの髪とスカートが揺れる。海鳥たちは鳴き声を上げながら、わたしの頭上を飛び回っている。

最初はひとりでここにいるのが当たり前だった。ひとりで裸足《はだし》になって、海に向かって叫んで、変わっていく空の色を眺めて……誰もいないほうが気楽だった。

それなのにいまは、ひとりじゃ物足りない。

それは碧生先輩と出会えたから。

また碧生先輩とここで絵を描きたい。碧生先輩と一緒におしゃべりしたい。

碧生先輩に——会いたい。

リュックを下ろし、ローファーと靴下を脱ぎ捨てた。片膝《かたひざ》を立て、後ろ足の膝《ひざ》と指先を地面につけ、前を見据える。目指すは百メートル先のゴール。

すうっと息を吸い込み、それを吐く。一瞬あたりが静まり返ったあと、頭の中でピストルの音がパンッと弾《はじ》ける。わたしはコンクリートを蹴《け》りつけ、裸足で走り出す。

青空の下、風を切る。前へ前へ、もっと前へ——。

全速力で防波堤の先端まで走り切ると、海に向かって思いっきり叫んだ。

「碧生せんぱーい！　早く戻ってこーい！」

わたしの声が潮風に乗って、海の彼方《かなた》へ飛んでいく。

「はぁー……」

息を吐き、肩の力を抜いた。足の裏がひりひりと痛い。

でも――。

久しぶりに全力で走った百メートルは、ものすごく気持ちがよかった。

テストが終わると、家での時間が退屈になってしまった。特に週末はなにもすることがない。

母は「暇なら勉強しなさい」って言うけれど、テストが終わったばかりなのに、勉強なんてやる気が出ない。かといって、どこかへ遊びに出かけるような友だちはいないし、やりたいことも趣味もない。

「あー、暇だぁ……」

朝からごろごろベッドに寝転がって、スマホで動画を見ていたんだけど、それも飽きてしまった。

スマホの画面から目を離し、なんとなく考える。

いまごろ真子は、グラウンドを走っているんだろうな。

この前防波堤で、全力で走った感覚を思い出す。

あのときすごく気持ちいいって思った。また走りたいって思ってしまった。

わたしはふるふるっと首を横に振り、ベッドから飛び降りる。

「そうだ、お兄ちゃんに漫画借りよう」

兄が集めている漫画の新刊が、最近発売したんだった。わたしもその漫画を楽しみにしていて、勝手に借りて読んでいる。兄だってわたしの漫画を勝手に読むことがあるから、お互い様なんだ。

「お兄ちゃん、いる？」

一応兄の部屋の扉をノックして声をかける。でもいないのはわかっていた。今日も兄は部活の練習に早朝から出かけてしまったから。

「ちょっと失礼しまーす」

ドアを開けて部屋に入る。その途端、足元にあった脱ぎっぱなしのジャージを踏んづけてしまった。

「もうー……ちゃんと片付けなよね！」

ジャージをつまんでベッドの上に放り投げる。布団もぐちゃぐちゃ。その上には漫画やゲーム機なんかが散乱している。あいかわらず散らかった部屋だ。

ため息をつきながら部屋を見まわすと、一か所だけ綺麗《きれい》に片付けられている場所があった。

棚の上に整然と並んだ、トロフィーや盾。兄が陸上の大会で入賞したときにもらったものだ。その隣には、陸上部の仲間と撮った集合写真が立てかけてある。

気分がどんよりと沈んでしまい、わたしはそこから目をそむけ、漫画の本棚に向かう。そのとき足元に落ちている、見慣れない雑誌に気がついた。

「なにこれ」

手に取ってみる。男性向けのファッション雑誌だ。

表紙にはイケメンの男の子が写っている。たしか最近よくドラマに出ている、有名なアイドルグループの子だ。わたしは芸能人に詳しくないけど、お弁当の時間、一緒に食べている女の子たちがよく話題にするから覚えてしまった。

「へぇー、お兄ちゃん、こんなの買ったんだ」

部活に行くときはもちろん、家にいるときも、遊びに出かけるときも、ジャージしか着たことないくせに。

「もしかしてこれ読んで、かっこつけようと思ってる？　女の子にモテようと思ってたり？」

ふふっと笑ってから、パラパラとページをめくる。次々と出てくるイケメンモデルたちは、おしゃれな服を着て、かっこいいポーズを決めている。

その服を着た兄を想像してみたけど……全然似合わない。

「お兄ちゃんには無理無理」

もう一度笑いかけたとき、わたしはぴたっと手を止めた。

「え？」

ページ一面に写っているモデルの男の子。黒い髪、きりっとした眉《まゆ》、涼し気な目元、高い鼻、薄い唇、尖《とが》った顎《あご》……どれもよく知っている。

「う、嘘でしょ？」

わたしは雑誌に顔を近づけて、そこに書いてある文字を読んだ。

「鳴海《なるみ》アオ、十七歳、神奈川県出身。モデルの他、ドラマの出演も決まり、活動の幅を広げている……」

鳴海アオ？　これって……。

そのとき後ろから声が聞こえた。

「おいっ、夏希！　おれの部屋でなにやってんだよ！」

「ひっ」

驚きすぎて、雑誌を落としそうになってしまった。

「お、お兄ちゃん、帰ってきたの？」

「ああ、部活が早く終わって……って、なに勝手に見てんだよ！」

兄が手を伸ばしてきたので、わたしは雑誌を胸に抱え込んだ。そしてへらっと笑ってごまかす。

「こ、これなに？　お兄ちゃん、この本見てかっこつけようと思ってたの？」

兄の顔がみるみるうちに赤くなる。

「う、うるせーな」

「お母さんにも教えてあげよ。お兄ちゃんがイケメンになろうとしてるって」

「バ、バカ！　余計なこと言うな！」

「じゃあこの本、貸して！　お願い！」

わたしはそれだけ言うと、雑誌を抱えて部屋から逃げ出した。

「あ、おい、こらっ、夏希！　返せよ！」

兄の声を無視して、自分の部屋に飛び込みドアを閉める。そしてさっきのページをもう一度広げて、じっくりと見た。

「これ……碧生先輩だよね？」

めちゃくちゃかっこつけてるけど……超かっこいい。表紙の男の子より全然いい。

わたしは床に座ってスマホを手に持ち、検索をはじめた。

【鳴海アオ】

芸名らしきその名前を入力しただけで、いくつもの情報が出てくる。どうやらわたしが知らなかっただけで、碧生先輩はけっこう有名なモデルで、今度ドラマにも出るらしい。

「すご……芸能人じゃん」

もしかして芸能人だってことがバレないように、学校では顔を隠して、地味なふりをしていたの？　学校を休んでいたのは、芸能活動のため？

わたし、碧生先輩の素顔を見てたのに、全然気がつかなかった。

『おまえは鈍そうだからな』

ああ、そうか。わたしが気がつかないと思ったから、わたしの前ではマスクをはずしていたんだ。

「はぁー……」

スマホと雑誌を床に置き、ため息を漏らす。

イケメンで絵の才能があって素敵な家に住んでいて、おまけに芸能人だったなんて……なんだかわたしとは違いすぎて……ちょっとだけ近づけたと思った碧生先輩との距離が、すごく遠ざかってしまったように感じた。

週明けの放課後。わたしはとぼとぼと坂道を下り、いつもの防波堤に向かった。

今日の空は、どんよりとした曇り空だ。なんだか気分まで重くなる。

防波堤の上に上がると、先端に座っている後ろ姿が見えた。

「碧生先輩……」

先輩は今日、絵を描いていないようだった。手を後ろについて、ぼうっと遠くを眺めている。

わたしは兄の雑誌が入ったリュックを胸に抱えると、碧生先輩の背中に向かって足を進めた。

「碧生先輩。お久しぶりです」

わたしの声に先輩が振り返る。

「おう、久しぶり」

碧生先輩は普段と変わらず、どうでもいいように答える。

あんなに会いたいと思っていた先輩と会えたのに、なんだか胸の奥がもやもやする。

「学校……ずっと休んでたんですね？」

碧生先輩と距離をあけ、わたしも腰かける。

「ああ……」

「どうして休んでたんですか？」

聞きながら、なんだかわたし意地悪だなぁなんて思う。

碧生先輩は質問には答えず、黙って海を見ている。

その横顔を見ていたら、胸の奥のもやもやがあふれ出てきて、わたしはリュックから雑誌を取り出し、先輩に向かって叫んだ。

「これ！　碧生先輩ですよね⁉」

『鳴海アオ』の写っているページを広げて、見せつける。

ゆっくりとこっちを向いた碧生先輩が、ハッと目を見開いた。そして手を伸ばし、雑誌を奪い取ろうとする。わたしは取られないよう、雑誌を胸に抱え込んだ。

「碧生先輩がモデルやってたなんて、知らなかったです。しかもけっこう有名みたいじゃないですか」

先輩は伸ばした手を静かに戻し、あきらめたようなため息をついた。

「誰にも言うなよ？　内緒にしてるんだから」

「いつからやってたんですか？」

わたしの声に、碧生先輩が顔をそむけて答えた。

「去年、やることなくてブラブラしてたら、渋谷《しぶや》でスカウトされて……どうせ暇だったし、バイト感覚ではじめたんだよ」

碧生先輩が黒い髪をくしゃくしゃとかきながら続ける。

「そしたらいつの間にか仕事が増えてきて……でもまわりにごちゃごちゃ言われるの嫌だから、学校では担任にしか話してない」

たしかにドラマに出るような人が校内にいたら、みんな一目見たいと思うだろうし、大騒ぎになってしまうかもしれない。

わたしはもう一度雑誌をぱらっとめくりながらつぶやいた。

「でもすごいですよ、雑誌のモデルなんて。わたしみたいな一般人とはレベルが違うっていうか……」

「べつにすごくねぇよ。モデル仲間が真剣に取り組んでる世界を、おれは逃げ場にしてるだけなんだから。最低だろ、こんなやつ」

わたしは顔を上げて、碧生先輩の横顔を見る。

「逃げ場って……絵からモデルに逃げてるってこと？」

黙り込んだ碧生先輩が、かすかにうなずいた。わたしはきゅっと唇を引き結んだあと、先輩に向かって声を出す。

「碧生先輩は……どうして絵から逃げて、楽になりたいって思ったの？」

なんでもできる先輩と、なにもできないわたしは、全然違うってわかってる。

でも自分にとって苦しいことがあって、そこから逃げているのは同じだ。そしてたぶん、逃げている自分を許せないって思っているところも。

「おれさ……」

すると碧生先輩が、海を見たままぽつりと声を漏らした。

「人を殺したことあるんだよ」

「え？」

いきなり聞こえた物騒な言葉に、一瞬息が止まる。

「おれの言ったひと言で……親友を死に追いやった」

わけがわからなくて呆然《ぼうぜん》とするわたしの前で、碧生先輩は深くため息をついてから、言葉を続けた。

「おれの親友だったやつ、大夢《ひろむ》って言うんだけど……大夢とは小さいころから、ずっと一緒に絵を描いててさ。中学でも同じ美術部だったんだ」

中学の美術部といえば……静香先輩も一緒だ。

碧生先輩は美術部の中で誰よりも絵が上手《うま》くて、みんなに羨《うらや》ましがられていたって、静香先輩が言っていた。

「おれにとって大夢は、好きなことが同じで、いつだって一番そばにいて、一緒に楽しめる仲間だと思ってたんだけど……いつの間にか大夢にとっておれは、消えてほしい存在になってたんだろうな……」

「そんな……なんで……」

腰をずらし、碧生先輩に近づく。先輩は自嘲《じちょう》するように薄く笑って、つぶやいた。

「絵のコンクールで、毎回おれだけが受賞していたから」

胸にちくっと痛みが走る。真子のことを妬《ねた》んでばかりいた自分が、その親友の姿と重なる。

「たぶん大夢はムカついてたんだろ。同じことやってたはずなのに、おればっかり持ち上げられて、褒められて。そのうちだんだん、あいつはおれのこと避けるようになった。昔はよくここで、一緒に絵を描いたりしてたのに……」

碧生先輩が海の彼方《かなた》を見つめる。今日の海は空と同じ鼠色だ。

「でもおれも、そんな大夢と話すの面倒くさくなってさ。もういいやって思って……お互い本音を言わないまま絵を続けてた。そしたらあるコンクールで、大夢が大賞を受賞したんだ。おれの絵を丸パクリした絵で」

「え……」

思いもよらない言葉に、わたしの頭が混乱する。

「夏希も見ただろ。うちにあった、ここから見た景色の絵」

わたしは、碧生先輩の家にあった、バツ印のつけられた絵を思い出す。

「大夢はあの絵をパクった。構図もタッチも色使いも、なにもかも。周りは気づいていなかったけど、おれにはわかったんだよ。おれはあいつの絵をずっと見てきたし、あいつもおれの絵をずっと見てきたから」

碧生先輩が苦しそうに息を吐く。

「それからずっともやもやしてた。おれさえ黙ってれば、なにも起きない。でも裏切られたことが悔しくて……おれ、あいつに言っちゃったんだ。『おまえ、おれの絵パクっただろ？』って」

強い風が吹きつけ、わたしは顔をしかめて髪を押さえる。でも先輩は、睨《にら》むようにじっと、海を見つめたままだ。

「それを伝えたからって、どうなるわけでもないってわかってた。証拠なんてないし、同じ場所で描いた絵なんていくらでもある。あいつがもらった賞を取り消させて、おれがもらいたかったわけでもなかった。ただ自分の気持ちが抑えきれなくて、吐き出しただけなんだ。でもそれを偶然、美術部の仲間が聞いてて……」

肩を落とした先輩が、うつむいた。そしてもう一度息を吐いてから、声を出す。

「盗作した絵で受賞したって噂が、ＳＮＳを通して学校中に広がって……大夢は学校に来られなくなった」

「そんな……」

「大ごとにするつもりなんて、おれは全然なかったんだ。本人以外に言うつもりもなかったし。それなのに美術部でもない、まったく関係ないやつらまで、ＳＮＳを使って大夢のことを責めて……」

碧生先輩がわたしのほうを見た。すごくつらそうな表情で。

「たぶん理由なんてなんでもよかったんだろ。ターゲットだって、きっと大夢じゃなくてもよかった。勝手に正義を振りかざした顔も知らない連中が、集団で悪口言って悪者を追い込んで、気持ちよくなりたかっただけなんだ」

先輩は握ったこぶしで自分の膝《ひざ》を叩《たた》いたあと、消えそうな声でつぶやいた。

「でもその原因を作ったのはおれだ。おれがあんなこと言ったから……」

「違うよ！　碧生先輩は悪くないよ！」

「悪いんだよ！」

叫ぶように言った碧生先輩が、わたしの顔を見る。

「大夢はもう、この世にいないんだから」

「え……」

「自殺したんだよ。おれが謝りにいこうと思った日に」

ザンッと強い波が防波堤に打ちつけ、波しぶきがかかった。どんよりとした灰色の雲から、ぽつぽつと雨粒が落ちてくる。

「大夢の部屋におれ宛ての遺書があったんだ。『碧生のことが羨ましくて、やってはいけないことをやってしまいました。ごめんなさい。ぼくがいなくなっても、碧生はこれからもずっと、好きなことを続けてください』って……できるわけねぇだろ。おれだけ好きなことなんか……」

碧生先輩がくしゃっと前髪を握った。

「だからやめた。絵から逃げた。こんなことになるなら、絵なんか上手くならなくていい」

「碧生先輩……」

前髪を押さえたまま、碧生先輩がうつむいてしまった。

わたしは先輩に向けて伸ばした手を、中途半端に止める。

碧生先輩の家にあった、カッターで切りつけられた絵。先輩はどんな気持ちで、自分の手で描いた絵を、自分の手で傷つけたんだろう。

きっとわたしにはわからない、複雑な想いがあるんだろう。だけど——。

わたしはぎゅっと手を握り、碧生先輩に向かって言った。

「でも先輩は絵を描いてるとき、すごく楽しそうにしてる。本当はまだ、絵を描きたいんじゃないですか？　もっと上手くなりたいんじゃないですか？」

わたしたちの上に雨が落ちる。碧生先輩はしばらく黙ったあと、うつむいたまま口を開いた。

「ああ、楽しいよ。最近また描くようになって、毎日がすごく楽しい。モデルの仕事だって、最初は半分嫌々だったけど、いまは楽しくなってきた。でも大夢をひどい目に遭わせた自分が、こんなふうに楽しんでるのがすごく嫌だ」

「そんなことない！　亡くなった大夢さんだって、そんなこと思ってない！」

碧生先輩がまた黙ってしまった。わたしはそんな先輩の横顔に言う。

「わたしも碧生先輩には、もう一度好きなことを思いっきりやってほしいって思ってます」

うつむいている碧生先輩の背中が濡《ぬ》れていく。傘を忘れてしまったわたしは、先輩にさしかけてあげることができない。それが悔しくて、なんだか涙があふれてくる。

「夏希？」

気づくと碧生先輩がわたしを見ていて、わたしは慌てて目元をこすった。

「なんでおまえが泣くんだよ？」

「……泣いてないです」

「でも……」

「泣いてなんかないです！」

思いっきり叫んで、勢いよく立ち上がった。

「碧生先輩、帰りましょう！」

そして碧生先輩の腕をつかみ、無理やり引っ張る。

悲しいような、悔しいような、寂しいような気持ちがごちゃごちゃになって、どうしたらいいのかわからない。

だけどこのままここに、碧生先輩を残してはいけないと思った。先輩まで、消えてしまいそうな気がしたから。

わたしの前で碧生先輩が立ち上がった。思わずつかんでしまった手をパッと離し、背の高い先輩を見上げる。先輩はわたしをじっと見つめていて、その口元がゆっくりと動いた。

「そうだな……帰ろう」

碧生先輩がリュックの中から折り畳みの傘を取り出し、それを開いた。そしてわたしにさしかけてくれる。

「あ、あのっ、すみません」

「どういたしまして」

ああっ、わたしがさしかけてあげたかったのに！　どうしてこうなっちゃうの？

碧生先輩と並んで、雨に濡れた防波堤をあとにする。先輩はわたしが濡れないように、傘をこちらに傾けてくれる。

傘を叩く雨の音。時々吹く生ぬるい風。うつむいたまま、できたばかりの水たまりをローファーで踏みつける。

駅へと続く坂道を歩きながら、碧生先輩はなにもしゃべらなかった。わたしはそんな先輩の隣で思う。

次こそは、次こそはわたしが、碧生先輩を雨から守ってあげたい。

少しでもいいから、碧生先輩の力になりたい。

碧生先輩がまた、好きなことを楽しめるように。

傘の下から暗い雲を見上げたら、青空の下で絵の具を顔につけながら笑っていた先輩の姿が、ぼんやりと頭に浮かんだ。


その日は家に帰っても、ずっと碧生先輩のことが頭から離れなかった。

しとしとと降り続く雨を、窓越しに見ながら考える。

そういえば碧生先輩、スマホはほとんど使わないって言ってたな。ＳＮＳとか嫌いなんだって。

それって、中学生のころのことがあったからかもしれない。

「碧生先輩は悪くないのにな……」

でも悔やむ気持ちもわかる。もしわたしが何気なく言ってしまったひと言が、自分の知らないところで思いのほか拡散されてしまって、そのせいで友だちが亡くなったりしたら……きっとあんなこと言わなければよかったって思うだろう。

以前わたしが防波堤の先端に立っていたとき、碧生先輩は慌ててわたしを抱きしめた。わたしが飛び降りると思ったらしいけど、それも親友のことがあったからかもしれない。

それだけ先輩の中に、その出来事は深く刻み込まれていて……。

「でも……だからって……」

碧生先輩が絵をやめる必要なんてない。

ポケットに入れていつも持ち歩いている紙を開く。碧生先輩が描いてくれた、わたしが走っている姿の絵だ。

前へ進もうとしているその姿は力強くて、それでいて先輩が言うように綺麗《きれい》に見えて……なんだかわたしじゃないみたいだった。

「ほんとにわたしなのかな……これ」

でもこれがわたしの姿なんだとしたら……走っているわたしは、すごく前向きで、生き生きとしている。

「わたしにできること……なにかあればいいのに……」

絵から目を離し、もう一度窓の外を見る。

雨はまだ、しとしとと降り続いていた。涙のような雨の雫《しずく》が、ガラス窓を伝って落ちていく。

さっき駅で別れた碧生先輩は、いまごろなにをしているだろう。

あの広すぎる家で、こんなふうに窓の外を見ているのだろうか。

たったひとりで……。

そしてその日以降、碧生先輩はまた学校に来なくなってしまった。

第七章　夕陽の坂道

「はぁ――……」

雨がやんだばかりの防波堤の先端で、海を見ながら大きなため息をつく。

空は雲に覆われていて、風は生ぬるい。

ここで最後に碧生先輩に会ってから一週間、一度も先輩を見かけていない。

さっきまた、勇気を振り絞って二年生の教室に行ったけど、碧生先輩の姿は見えなかった。そのかわり教室から出てきた二年二組の担任教師に見つかった。

「お、西倉じゃないか、どうした？」

「せ、先生っ」

碧生先輩の担任は、園芸委員会担当の、あの体育の先生だったのだ。

「い、いえっ、あのっ」

慌てたわたしを見て、先生がにかっと笑った。

「碧生なら今日も休みだ」

わたしの顔がかあっと熱くなる。

なんで先生わかったんだろう。ていうか、これじゃわたし、碧生先輩の教室をのぞきにきたストーカーだよ。

「あ、ありがとうございます！　失礼しますっ！」

それだけ言って、逃げるように校舎から飛び出したんだ。

そしてここにやってきたけど……やっぱり碧生先輩は来ていなかった。

「もしかしてわたし……余計なこと言っちゃったかな」

碧生先輩は親友を亡くして、ずっと悔やんでいるんだ。それなのに部外者のわたしが、偉そうなことを言ってしまって……。

「うわー……失敗したかも……」

ひとりで言って、頭を抱える。

それにもしかしたら、碧生先輩がモデルをやっていることに気づいちゃったのもまずかったかも。先輩は必死に隠していたんだから、知らないふりしていたほうがよかったのかも。

「はあ……」

やっぱりわたしって、だめ人間だ。

ひとりぼっちの防波堤で立ちつくす。とても絵を描く気になれなくて、わたしはその場から離れた。

いつもだったら坂道を上って駅に向かうところだけど、なんとなく家にも帰りたくなくて、今日は違う道を歩いてみた。

以前、大きな絵を描いた日に通った、碧生先輩の家へ続く道だ。

港を通り過ぎ、海にそって歩く。梅雨空の雲の間から、薄い光が差してくる。

やがて右側に緩やかな坂道が見えてきた。この坂を上った丘の上に、碧生先輩の家があるのだ。

でも今日のわたしは、その場で足を止めた。

坂道とは反対側を向くと、小さな入り江が見える。海岸は砂浜になっているけれど、海水浴場ではないらしくひと気はない。

そういえば小さいころ、こんな砂浜によく家族で遊びに行ったっけ。靴を脱いで裸足《はだし》になると、わたしはぴょんぴょん跳ねながら、いつも兄に言ったんだ。

『お兄ちゃん、競争しよう！』

『どうせおれの勝ちだろ？』

『違うもん！　夏希、負けないもん！』

父の『よーい、どん！』と言う声に合わせて、兄とともに走り出す。

足の裏で砂を蹴《け》り、腕を思いっきり振って走る。

だけどいつも兄には勝てなくて……そのたびにわたしが大声で泣くから、家族にはあきれられていた。

『だから嫌なんだよ、夏希と競争するの』

でもひとしきり泣いたあと、わたしはまた兄に言うんだ。

『お兄ちゃん、もう一度競争しよう！』って。

砂浜を眺めながら、ふっと息を吐く。

「負けず嫌いだったなぁ……わたし」

負けるのは悔しかったけど、それでも走るのはやめなかった。

だってわたしは走るのが好きだったから。

胸の奥が懐かしさでいっぱいになり、わたしの足は自然と、砂浜へ続く階段を下りていた。

雲の隙間から、夏の太陽が顔を出す。さあっと金色の光が差し込んで、それを反射した海がキラキラと光りはじめる。

あたりは静かで、寄せては返す波の音だけが耳に聞こえる。

砂の上にリュックを下ろすと、ローファーと靴下を脱いだ。軽くその場でジャンプしたあと、砂浜の先に視線を向ける。

目指すは百メートル先のゴール。

「今度こそ、負けないんだから」

位置についたわたしの頭に、父の声が響く。

『よーい、どん！』

ざっと地面を蹴り、足を前に出す。砂に足を取られ、少しスタートが遅れた。

体勢を立て直し、顔を上げる。手足を思いっきり動かすと、わたしの体が走り出す。

前へ前へ、もっと前へ——。

風に乗って、わたしは走る。

あれ、なにこれ、すっごく気持ちいい！

「はあっ……」

砂浜の端まで走って、わたしは足を止めた。

息が苦しい。だけど……。

「ふふっ……」

つい笑い声が漏れるほど、楽しかったんだ。

兄と走った砂浜。友だちと追いかけっこをして遊んだ公園。クラスのみんなと駆けまわった小学校の校庭……。

あのころ、タイムなんか気にせずに、ただ楽しくて走っていた。

悔しいこともあったけど、それよりもわたしは走ることが好きだったはず。

それなのにいつからか、人と比べることしかできなくなって。

わたしは自分の好きなことを忘れていた。

でも——。

光差す、水平線を見つめる。青い海は、遥《はる》か彼方《かなた》まで続いている。

ここまで逃げてみて、やっとわかったんだ。

わたしはやっぱり、走るのが大好き。

絵を描くのが大好きな、碧生先輩と同じように——。

「夏希！」

突然声が降ってきて、ドキッとする。慌ててあたりを見まわすと、碧生先輩が堤防の上からこちらを見下ろしていた。

「碧生先輩っ！　いつからそこにいたんですか！」

「夏希が走り出す前から」

見られてた？　わたしが走っているとこ。

急に照れくささがこみ上げてくる。

「い、いたなら声をかけてくださいよ！　そんなとこから眺めてないで」

わたしの声に、碧生先輩がふっと笑う。

「夏希が楽しそうに走ってたから、邪魔しちゃ悪いと思って」

「え……」

わたし、そんなに楽しそうに見えたのかな？

「それに……やっぱ綺麗《きれい》だった。夏希の走る姿」

かあっと顔が熱くなり、慌てて碧生先輩から顔をそむける。そんなわたしの耳に、先輩の声が聞こえてきた。

「なぁ、夏希。いま時間ある？」

「え？」

「ちょっとおれにつきあってくれないか？」

「つきあう？　って……どこに？」

思わず顔を上げたら、碧生先輩はわたしを見下ろしながら、優しい顔つきで微笑んでいた。


碧生先輩のあとについて、わたしは歩いた。先輩は駅のほうへ向かって、坂道を上っていく。

足元には水たまり。垣根の葉っぱについた水滴が、雨上がりの日差しを浴びて宝石みたいに光っている。

「あの、碧生先輩？　わたしが砂浜にいるって、よくわかりましたね？」

今日の碧生先輩は私服だった。

白いTシャツに黒いパンツ。頭にはキャップをかっこよくかぶっている。仕事帰りなのかもしれない。

「ああ、防波堤に行ってみたけど、おまえいなくて。帰ろうと思って歩いてたら、ひとりで砂浜走ってる変なやつが見えたから」

「へ、変なやつって、失礼な！」

わたしが怒ったら、碧生先輩が口元にこぶしを当てて、くくっと笑った。

あ、笑った。悔しいけど、先輩が笑ってくれるとなんだかホッとする。

わたしはちょっと足を速めて、先輩の隣に並ぶ。

「今日も……お仕事だったんですか？」

おそるおそる聞いてみたら、碧生先輩が笑うのをやめて、ぶっきらぼうに答えた。

「ああ」

やっぱりこの話は、あまりしないほうがいいのかもしれない。

「あのっ、わたし、誰にも言いませんからね！　ちゃんと内緒にしますから！　ていうか、話す友だちなんていないし」

「夏希、友だちいないんだ」

「碧生先輩に言われたくないです」

クラスでぼっちのくせに。

「おれは友だちなんかいらねーの」

「わたしもです」

碧生先輩が前を向いたまま、また少し笑ったのがわかった。

でももしかして先輩は、過去にあんなことがあったから、友だちなんかいらないって言っているのかも。

だったらそれは悲しいな……。

「だ、だけど、もし碧生先輩がひとりくらい友だち欲しいなって思うなら……わたしがなってあげてもいいですけど？」

わたしが言ったら、碧生先輩がこっちを向いた。一瞬目が合って、慌てて視線をそむける。

「も、もしわたしが友だちになったら……先輩の超広い家に、また遊びにいってあげてもいいですよ？」

すると次の瞬間、わたしの頭に碧生先輩の手が触れた。ドキッと心臓が跳ねる。するとその手が、わたしの髪をくしゃっとかき回した。

「ありがとな」

肩をすくめたわたしから、碧生先輩の手が離れていく。そして何事もなかったかのように、また前を向いて歩く。

いまのって……また猫扱いされたのかな……。

立ち止まりそうになったわたしの目に、碧生先輩の背中が見える。わたしは暴れ出した心臓を必死に落ち着かせながら、置いていかれないよう足を速めた。

学校の最寄り駅に着くと、碧生先輩と一緒に電車に乗った。わたしの家とは逆方向へ向かう電車だ。

一体どこに行くんだろう、と思ったけれど、なんとなく聞けない。

空いている席に座った碧生先輩は、じっと窓の外を見つめたまま、真剣な表情をしていたから。

空が晴れ、車内に明るい光が差し込む。

わたしは碧生先輩の隣で、さっき触れられた頭に手を当てた。

じんわりと、心の奥が熱くなってくる。

どこに行くのかわからないけど……どこでもいいと思った。

こんなわたしでも、碧生先輩の力になれるならなんだってしたい。

そんなふうに思ったから。

「悪いな。こんなところまで連れてきちゃって」

電車に二十分ほど揺られて、降りた駅から十分くらい緩やかな坂道を上ると、広々とした霊園についた。

入り口で足を止めた碧生先輩の後ろで、わたしはつぶやく。

「ここって……」

「大夢のお墓があるとこ。おれも来たのは、はじめてだけど」

碧生先輩はその場にしばらく立ち止まったあと、木陰のベンチを指差して言った。

「夏希はあそこで休んででいいよ」

それからすうっと息を吸い込んで、覚悟を決めたように歩きはじめた。でもその背中がなんだか震えているように見えて、わたしは思わず手を伸ばす。

「わたしも一緒に行かせてください」

わたしの手が碧生先輩のTシャツをつかむ。足を止めた先輩が、わたしのことを見下ろした。わたしは慌てて手を離す。

「あっ、ごめんなさいっ」

馴《な》れ馴れしいことしちゃった……。

「碧生先輩が……嫌じゃなければ、ですけど」

少し黙ったあと、碧生先輩がわたしの手を取り、そっと握った。先輩の手のあたたかいぬくもりが、じんわりと伝わってくる。

「そうしてくれると助かる」

だけどつながった先輩の手は、やっぱりかすかに震えていて。

「はい」

顔を上げてうなずいたら、碧生先輩がわたしの手を引き、また歩き出した。

花と緑に囲まれた静かな霊園。高台にあるこの場所からは、遠くの海が見渡せる。

風が吹くたび木々の葉がさわさわと揺れ、緑の芝生が眩《まぶ》しい。

広々としたとても綺麗なところだけど、かすかに漂うお線香の香りから、ここが特別の場所なんだと思い知らされる。

「ずっと謝りたかったのに、謝れなかったんだ」

碧生先輩は大夢さんのお墓に向かって歩きながら、小さな声でつぶやいた。

「おれは大夢からも逃げてた」

わたしはなにも言えなかった。言いたいことはたくさんあったけど、わたしなんかが口出ししてはいけないような気がした。

碧生先輩の大夢さんへの想い。大夢さんの碧生先輩への想い。その深い想いは、きっとふたりにしかわからない。

「でもやっぱり、このままじゃだめな気がして……ちゃんと大夢と向き合おうと思った」

碧生先輩の震える手をぎゅっと握った。わたしにはそれくらいしかできないから。

前を見たまま歩いている先輩が、つないだ手に力を込めた。わたしたちは強く手を握り合ったまま、黙って足を進める。

夕陽があたりを金色に染め、柔らかい風がわたしたちの頬を撫《な》でた。並んだふたりの影が、長く伸びる。

「……ここだ」

立ち止まった碧生先輩が、わたしから手を離した。そして墓石の前にしゃがみ込み、キャップをはずす。

まわりには、色とりどりの花がたくさん供えられていた。

「大夢……」

碧生先輩の口から、消えそうな声が漏れる。

「あの日、あんなこと言っちゃってごめん。こうなる前にもっと話せばよかったんだよな。昔みたいに……」

大夢さんとは小さいころからずっと一緒に絵を描いていたって言っていた。でも成長するにつれ、ライバルのようになってしまって……そのせいで、昔みたいに本音を話せなくなってしまったのかもしれない。

きっと大夢さんだって、碧生先輩のことが心の底から憎くて、絵を真似してしまったわけじゃないと思う。碧生先輩だって、大夢さんのことを陥れたくて責めたわけじゃない。

それなのにつながっていたはずのふたりの気持ちが、少しずつずれていってしまって……こんな悲しいお別れになってしまった。

「だけどもう……戻れない……」

ぽつりとつぶやいた碧生先輩がうつむいた。

「寂しいよ、おれ……大夢がいないと……」

手の甲で目元を拭《ぬぐ》った碧生先輩が、静かに手を合わせた。わたしも腰を落とし、先輩と同じように手を合わせる。

そして心の中で、あの防波堤に並んで座っていた、碧生先輩と大夢さんの姿を想像する。

きっとふたりは笑っていたんだろうな。笑って絵を描いていたんだろうな。

だけどもう……戻ることはできないんだ。

そっと目を開くと、かすかに震える先輩の背中が見えた。

悲しくて、苦しくて、寂しくて……でもどうにもならないことも、高校生のわたしたちは知っていて……ただ胸の奥が、ひりひりと痛かった。

大夢さんとお別れをしたあと、碧生先輩とわたしは霊園を出て、駅へと続く坂道を下った。

「ありがとな、夏希。つきあってくれて」

わたしの隣で、碧生先輩がぽつりと言った。

「ずっとここに来る勇気が出なかったんだけど……夏希とだったら、来れるような気がしたんだ」

碧生先輩の声に、わたしは思わず聞いてしまう。

「どうして……わたしだったんですか？」

「さあ、なんでだろうな……」

先輩が前を見たままつぶやく。

「この前、夏希がおれの話を全部聞いてくれて……嬉《うれ》しかったからかな……」

わたしの胸が、じんわりとあたたかくなってくる。

こんな頼りないわたしでも、碧生先輩の力に少しでもなれたなら……すごく幸せだ。

「あの、なにかあったら、また言ってくださいね？　いつでもつきあいますから」

隣の碧生先輩を見上げて、にっと笑う。先輩もわたしのほうを向き、ふっと微笑んだ。それからまたまっすぐ前を見て、静かに口を開く。

「おれ、また絵を描いてもいいのかな……」

碧生先輩の横顔が夕陽に照らされる。ほんのりと赤みを帯びた、その綺麗《きれい》な顔を見ながら、わたしは答えた。

「いいと思います！」

これだけははっきり言える。

「わたし碧生先輩が描く絵を、もっと見たいです！」

碧生先輩にはこれからもずっと、好きなことをしてほしい。

誰に遠慮することもなく、自由に楽しく続けてほしい。

足を止めた碧生先輩が、ゆっくりとわたしを見た。わたしも立ち止まり、先輩の顔を見つめる。わたしたちの視線が、淡い光の中でぶつかり合う。

吸い込まれそうな黒い瞳《ひとみ》に胸がドキドキして、この心臓の音が先輩の耳に聞こえてしまったらどうしようと心配になる。

やがて碧生先輩が柔らかく頬をゆるめて、わたしに向かって言った。

「おれも夏希が走ってるところ、もっと見たい」

「え……」

「おれも夏希に、もう一度好きなことを思いっきりやってほしいって思ってる」

「わたしの……好きなこと……」

さっき裸足《はだし》で、思いっきり砂浜を駆け抜けたことが頭に浮かぶ。

あのとき思い出したんだ。わたしは走ることが好きだって。

立ちつくすわたしの耳に、碧生先輩の声が聞こえた。

「夏希の足は逃げるためにあるんじゃない。前に向かって走るためにあるんだろ？」

その言葉に、とんっと背中を押された気がした。

わたしは自分の足を見下ろしたあと、もう一度碧生先輩の顔を見つめると、笑顔ではっきりと答えた。

「はい！　そうです！」

わたしの前で碧生先輩が、嬉しそうに笑った。そして腕を伸ばして、大きな手でくしゃっとわたしの髪を撫でた。

「いい子だな。夏希は」

かあっと頬が熱くなって、恥ずかしさがこみ上げてくる。どうしたらいいのかわからなくなったわたしは、つい先輩の手を振り払って叫んだ。

「わ、わたし、猫じゃありませんから！」

「は？　猫？」

きょとんとしたあと、碧生先輩がおかしそうに声を上げて笑い出した。

「ちょっ、なにがおかしいんですか！」

「いや、夏希っておもしれーなって思って」

「おもしろくないですけど、全然！」

怒った声でそう言っても、先輩はにこやかな笑顔で、わたしを置いて坂道を下りていく。

「もう――……」

その背中を見送りながら、わたしはハッと気がついた。ゆっくりと顔を上げると、うっすらと雲に覆われた空が、真っ赤に染まっている。

「あ、碧生先輩！」

急いで駆け寄り、先輩の前で指を上に向ける。

「今日の夕焼け、真っ赤ですよ！」

立ち止まった先輩が、静かに顔を上げた。そして息を吐くようにつぶやく。

「ああ……ほんとだ」

西のほうから空全体が、燃えるように赤く焼けている。遠くに見える海も、同じ色に染まっていた。

「こんな夕焼けが、見たかったんだ」

碧生先輩はそう言うと、わたしに視線を向けた。

「最初にあの防波堤を見つけたの、大夢なんだよ」

「え？」

「大夢がおれを誘ってくれた。いいもの見せてあげるからおいでよって」

どこか懐かしそうに、先輩が目を細める。

「その日、大夢が見せてくれたのが、こんなふうに真っ赤な夕焼けだったんだ」

ああ、そうだったのか。碧生先輩はもう一度それを見たくて、あの防波堤に足を運んでいたんだ。

わたしは空を見上げて、思ったことを口にした。

「じゃあ今日の夕焼けも、きっと大夢さんが見せてくれたんですね」

わたしの隣で、先輩も再び空を見上げる。

「そうだな……」

ふたりの間を風が吹き抜けた。どこかしんみりとした空気が漂い、碧生先輩が洟《はな》をすする。

わたしは視線を下げると、そんな先輩に告げた。

「碧生先輩！　駅まで競争しません？」

「は？」

「負けたほうが、駅のコンビニで飲み物おごるってことで」

顔をしかめた碧生先輩に向かって声を上げる。

「じゃあ行きますよ？　よーい……どんっ！」

「あっ、おいっ、待てよ！　ずるいぞ！」

走り出したわたしのあとを、碧生先輩が追いかけてくる。

「待ちません！」

振り向いて、べえっと舌を出したら、先輩は怒ってスピードを上げた。

「こらっ、待てっ！　夏希！」

坂道を駆け下りるわたしの後ろから、碧生先輩の足音が聞こえてくる。

つらい気持ちも、悲しい思いも、全部吹き飛ばすようにわたしは走った。

ああ、やっぱり、走るっていいなぁ。

もしかしてこうやって、前を見て走るだけでいいのかもしれない。

誰かと比べるのはもうやめて、自分のために、自分のペースで。

そう思ったら、すうっと心が軽くなった。手も足も体も軽くなって、まるで背中に羽が生えたみたい。いまならどこまでも、走っていけそうな気がする。

遥《はる》か彼方《かなた》の水平線までも。真っ赤な空の果てまでも。

できれば、碧生先輩と一緒に――。

そう思って振り向くと、坂道の途中で立ち止まっている碧生先輩が、両手を両膝《りょうひざ》についていて、ぜいぜい息を切らしていた。

完璧《かんぺき》だと思っていた碧生先輩だけど、どうやら走るのは苦手みたい。わたしはくすっと笑って、大声で叫ぶ。

「せんぱーい！　どうしたんですかー？　もうギブアップですかー？」

「うるせぇ！　少し黙ってろ！」

　文句を言いながら、碧生先輩が坂道をのろのろと下りてくる。わたしはその場に立って、先輩が来るのを待つ。

　ゆっくりと太陽が沈んでいく。空の色がだんだん青みを帯びてくる。街灯がぽつぽつ灯《とも》りはじめる。わたしはその光景を、じっくりと目に焼きつける。

　碧生先輩とふたりでここへ来たこと。真っ赤な夕焼けを見たこと。大事に胸にしまって、ずっと忘れないようにしようと思って。

　先輩がやっとわたしのところまで来た。わたしはにかっと笑うと、少し背伸びをして手を伸ばす。

「よく頑張りました。碧生くん、いい子いい子」

　そう言って碧生先輩のキャップを撫《な》でたら、めちゃくちゃしかめっ面をされた。

「猫扱いするんじゃねぇ」

　先輩がわたしの手を振り払うようにキャップをはずす。

「さっきのお返しです」

　あははっと笑うと、碧生先輩は盛大にため息をついた。でもすぐにふっと笑って、わたしの頭にキャップをかぶせ、ツバを思いっきり前に下げた。

「帰るぞ」

「うっ、わっ、えっ……」

前が見えないんですけど！　ていうか、これ碧生先輩の帽子……え？

慌ててキャップのツバを上げる。先輩は駅に向かって歩きはじめている。

「ちょっと待ってくださいってば！」

手で頭を押さえ、ちょっとドキドキしながら追いかけると、碧生先輩はいたずらっ子のような顔で笑っていた。

もしかしてわたし、からかわれてる？

むっと口を尖《とが》らせて、先輩の隣に並んで言う。

「わたしやっぱりアイスがいいです」

「は？」

「負けたほうがおごるんですよ」

「飲み物じゃなかったのかよ」

「走ったらアイス食べたくなっちゃった。高くて美味《おい》しいやつ。先輩も食べたいと思いません？」

わたしがにっと笑ったら、碧生先輩が空を見上げてあきれたようなため息をついた。

「次は絶対おれが勝つから」

「楽しみにしてますね」

碧生先輩と並んで歩く。あたりはうっすらと暗くなってきた。

そのあとふたりでアイスを食べて、先輩はわたしの最寄り駅まで送ってくれた。

第八章　勢いよく走るだけ

いつもより早い電車に乗って、学校のある駅で降りる。朝練に行く生徒たちにまぎれて改札を抜けると、わたしは地面を蹴《け》って走り出した。

一刻も早く、学校に着きたかったから。

今週は、再び回ってきた水やり当番。もう碧生先輩は来ているだろうか。考えただけで、なんだか胸がドキドキしてしまう。

校門を抜け、玄関前の花壇を見る。碧生先輩の姿は見えない。

そのまま走って中庭へ向かう。

いた。

息を切らしながら立ち止まる。ホースで水をまいている背中に声をかける。

「碧生先輩っ！」

ゆっくりと振り返った碧生先輩がこっちを見た。

今日の先輩は眼鏡もマスクもしていない。朝の光を浴びているその顔は、いつも以上に眩《まぶ》しくて、モデルにスカウトされたというのもすごく納得できる。

「おはようございます！」

わたしが言ったら、碧生先輩はいつものようにぼそっと言った。

「遅い」

「いや、碧生先輩が早すぎるんですよ。やる気満々じゃないですか」

「当番だから仕方なくやってるだけだ」

「またまたぁ、素直じゃないなぁ」

「うるさい」

笑いながら中庭に足を踏み入れると、つぼみをつけたひまわりの葉に水がかかって輝いている。

「わぁ、大きくなったなぁ」

少し見ないうちに、ひまわりはずいぶん伸びていた。もうすぐわたしの身長を追い越しそうだ。

「これ、いつ咲くんだ？」

すると碧生先輩が花壇に水をかけながら聞いてきた。

「え、もうすぐ咲くと思いますけど？」

「そっか」

先輩がひまわりのつぼみを見つめながらつぶやく。

「咲いたら……描いてみようかな」

なんだか嬉《うれ》しくなって、先輩に駆け寄って伝える。

「いいと思います！　きっとすっごく綺麗《きれい》な花が咲くと思うんで、どんどん描いてください！」

碧生先輩には好きなことをしてほしい。また思いっきり絵を描いてほしい。

「先輩の手は、絵を描くためにあるんです。だからもうその手で、自分の絵を傷つけないでほしいです」

両手を握り締め、先輩の顔を見上げて告げる。

すると先輩がわたしを見て、ふっと静かに笑った。

「夏希ってさ」

「へ？」

「なんでそんなに、いつも一生懸命なんだよ？」

わたしが……いつも一生懸命？

「な、なに言ってるんですか？　そんなことないです！」

ふるふると首を横に振る。

だってわたしは部活をやっていないし、だからといって勉強を頑張っているわけでもない。友だちからは置いていかれて、親には怒られてばかりで、一生懸命やってることなんてないんだ。

ただ……碧生先輩の幸せなら、誰よりも一生懸命願っているけれど。

碧生先輩がもう一度軽く笑って、ホースを上に向けた。

青空からキラキラと、透明な水が降ってくる。

綺麗だなって思った。居場所がないと思っていた学校でも、こんなに綺麗なものが見られるんだ。

碧生先輩と出会えてよかった。園芸委員会に入ってよかった。

あの日、この手を挙げなかったら、わたしはこんな景色を知ることもなく、ずっと下を向いたまま学校生活を送っていただろう。

先輩がホースの向きを変えた。わたしたちの前に、小さな虹《にじ》が架かる。

「わぁ……」

碧生先輩とふたりだけのこの時間が、ずっと続けばいいのに——そう思ったとき、どこかからカシャッと、カメラのシャッター音が聞こえた。

「え？」

何気なく音のほうを向くと、スマホを持った女子生徒たちがキャーキャー騒いでいる。碧生先輩がすっと顔をそむけて、マスクをつけたのがわかった。

「あのー」

急に後ろから声をかけられた。いつの間にかそばにやってきた別の女子グループが、碧生先輩に話しかけている。

「鳴海アオくん……ですよね？」

鳴海アオ……その名前が聞こえて、心臓が跳ねる。

声をかけた生徒が、スマホでSNSの画面を見せてきた。そこには「鳴海アオ」の画像や動画がいくつも並んでいる。

「昨日のドラマ見ました！」

「すっごくよかったです！」

「まさか同じ学校だったなんて」

「一緒に写真撮ってもらえませんか？」

あっという間に、碧生先輩が女子生徒に囲まれてしまった。

弾《はじ》き出されたわたしは慌ててスマホを取り出し、SNSを確認してみる。どうやら昨日放送されたドラマに、碧生先輩が主人公の友人役で出ていたらしい。その演技が話題になって次々と拡散され、一夜のうちにバズってしまったみたいだ。

でもなんでバレたんだろう。

「ほら、やっぱり永瀬くんが鳴海アオだったんだよ」

「よくわかったねー、さすが芸能オタク」

「だからいつも顔隠してたのかー」

「全然気がつかなかったよね」

気づけば他にも碧生先輩の噂をしているグループがいる。あれは……園芸委員会の二年生だ。

「みんなにもっと広めちゃお」

ひとりの先輩がスマホを操作する。わたしは慌ててその先輩に駆け寄った。

「わー！　やめてください！」

「え、西倉さん？　なんで？」

「なんでって……」

碧生先輩は、学校で騒がれることを望んでいない。これ以上広がったら大変なことになっちゃう。

「ねぇ、それよりさ、水やり当番わたしと代わってくれない？　鳴海アオと一緒に花の世話なんて、自慢できるじゃん」

「え……」

「わ、ずるい！　わたしも！　ね、西倉さん、いいでしょ？」

「わたしも、わたしも！　お願い！　西倉さん、代わってよ！」

わたしは黙って唇を引き結ぶ。なんでいまさらそんなこと言うの？　胸の奥がもやもやしてくる。

すると後ろから、碧生先輩の声が聞こえた。

「おれ、もう教室行くから」

騒いでいる女子生徒を押しのけて、碧生先輩がこっちに来る。そしてわたしにホースを持たせると、逃げるように校舎に入ってしまった。

その姿を、先輩を囲んでいた女子生徒たちが、カシャカシャとスマホの写真に収めている。

わたしはその人たちに駆け寄り、前に立ちはだかった。

「あのっ、勝手に撮るの、やめてもらえませんか？」

「はぁ？」

思いっきり顔をしかめられた。怖い。校章の色は緑。三年生だ。

「誰？　あんた」

「一年？」

「鳴海アオの知り合い？」

「なんであんたにそんなこと言われなきゃなんないの？」

さっきの甘ったるい声とは正反対の、冷たい声が次々と飛び交い、見下すような目つきで睨《にら》まれる。

ビビってあとずさったわたしの前に、救世主が現れた。

「夏希ちゃん、中庭の水まき終わった？」

「静香先輩！」

近づいてきた静香先輩が、にこっと笑ってわたしに言う。

「終わったら校舎の脇にあるプランターの水やり、手伝ってくれるかな？」

「は、はいっ！　もちろんですっ！」

歩き出す静香先輩のあとを、急いでついていく。

ちらっと後ろを振り返ったら、わたしを睨んでいた人たちは、もうわたしのことなどどうでもいいように、スマホを見ながらキャーキャー騒いでいた。碧生先輩の写真でも見ているのかもしれない。

「大丈夫だった？」

中庭から離れると、静香先輩が振り向いた。

「なんか絡まれてたみたいだったから」

わたしは半べそになって、静香先輩に泣きつく。

「静香せんぱーい、ありがとうございました！　わたしがあの人たち怒らせちゃって……」

「碧生くん……有名人だったんだね。びっくりしちゃった」

静香先輩が困ったような顔で笑う。

「静香先輩も……ドラマ見て気づいたんですか？」

「ううん。クラスのグループメッセージで回ってきたの。うちの学年にも知れ渡ってるくらいだから、学校中の噂になるのも時間の問題だね……」

静香先輩がスマホの画面を見せてくれた。制服姿の碧生先輩の写真と、ドラマに出ている鳴海アオの写真が並んでいて、それについてのメッセージが次々と寄せられている。

「そんなぁ……」

わたしはがっくりと肩を落とす。

「碧生先輩、騒がれるのが嫌で隠してたのに……」

「そうだったんだ。それでいつもマスクつけてたんだね。気の毒だけど……やっぱりドラマに出てるような人が学校にいたら、みんなが騒ぐ気持ちもわかるよね……」

そう言っている間にも、静香先輩のスマホには新しいメッセージがどんどん現れる。みんな碧生先輩の噂で盛り上がっているようだ。

わたしはプランターに咲いている花を見下ろしながら、深くため息をついた。

その日の休み時間、わたしは窓際の自分の席で、スマホの画面を睨むように見下ろしていた。

クラスメイトたちで作ったメッセージアプリのグループでは、碧生先輩のことが話題になっている。静香先輩が言っていたとおり、学年の違うわたしたちのクラスまで、碧生先輩の噂は広がっていた。

わたしは指を動かし、ネットを開く。SNSの画面だ。こちらでも昨日のドラマや、「鳴海アオ」の話題がトレンドになっている。さすがに本名や学校名までは、漏れていないようだけど。

でもそれもいつかはバレてしまうのかも。うちの学校の誰かがネットに投稿したら、あっという間に広がってしまいそう。

そう考えると、ネットって怖いなって思った。

「ねえ、西倉さん」

そんなことを考えていたわたしに、普段しゃべったこともないクラスの女子生徒たちが、めずらしく声をかけてきた。ちょっと派手な、ダンス部の人たちだ。

「西倉さん、園芸委員だったよね？」

「うん、そうだけど」

「ねぇ、鳴海アオくんとしゃべったことある？　アオくんも園芸委員なんでしょ？」

ひとりの子がスマホの画面を見せてくれた。そこにはホースで水をまいている、碧生先輩の姿が写っている。マスクはしていない。今朝、中庭で誰かが勝手に撮った写真が出回っているんだ。

「いいなぁー、まさか鳴海アオが園芸委員会にいたなんてね」

「西倉さんは気づいてたの？」

「普段のアオくんってどんな感じ？」

　いつもはわたしのことなんて気にもとめないくせに、今日はぐいぐい話しかけてくる。なんか嫌だなって思ってしまった。

「……知らない」

「え？」

「ごめん。わたし『鳴海アオ』なんて知らない」

　わたしは音を立てて椅子から立ち上がると、周りの子たちを押しのけて歩き出した。

「ちょっと、西倉さん！　どこ行くの？」

「トイレ！　ひとりで行くから、ついてこないでいいからね！」

　それだけ言って、教室を出る。また胸の奥がもやもやしてきた。

「知らないし！」

　廊下を速足で歩きながら、声を漏らす。

「ほんとに知らないし！　『鳴海アオ』なんて」

　わたしが知っているのは、口が悪くて、ふてぶてしくて、でも絵が上手《うま》くて、すごく優しい碧生先輩だけだから。

その日は一日中息苦しくて、放課後になると教室を飛び出し全速力で坂道を下った。
いま、碧生先輩はどうしているだろう。
海には来てくれるだろうか。
碧生先輩に会いたいな。会えるかな。
頭の中でぐるぐる考えながら、息を切らして防波堤に駆け上がる。
「……いない」
もしかしてまだ学校にいたのかも。
二年生の教室をのぞいてみればよかったかな？
でも他の生徒たちに、なにか言われたら嫌だし。
「あー、もうっ」
防波堤の上を行ったり来たりしながら、頭を抱える。
なんでこんなことになっちゃったんだろう。
芸能人だからしょうがないのかな？
騒がれるのは人気があるってことだから、喜ばなきゃいけないのかな？
でももうわたしとは、違う世界の人ってこと？

だったらわたしは、碧生先輩と仲よくしたらだめなのかな？

「はぁ……」

ため息をついて、防波堤の先端に腰かける。

胸の中はずっともやもやしてるのに、ここから叫ぶ気分にもなれない。

ポケットからスマホを取り出す。表示させたのは碧生先輩の電話番号。

それをじっと見下ろしてから、画面を閉じる。

電話なんてできるわけない。だってわたしは碧生先輩にとって、ただ委員会で一緒になっただけの後輩なんだし。わざわざ電話で話すような用件もないし。

もう一度ため息をついて、スマホをポケットにしまったとき、片方のポケットに入れてある紙を思い出した。

海風を受けながらそれを取り出し、そっと広げる。雨の中、走っているわたしの姿が現れる。

『走ってる姿が綺麗《きれい》だったから』

碧生先輩の言葉が頭に浮かんで、胸がきゅうっと痛くなる。

『夏希の足は逃げるためにあるんじゃない。前に向かって走るためにあるんだろ？』

そうだよ。わたしの足は、前に向かって走るためにあるんだ。

もう一度、この足で走りたいって思ったんだ。

こんなところで、うじうじ悩んでいてもしょうがない。

わたしは海を見たまま立ち上がると、くるりと後ろを振り向いた。

碧生先輩のことは気になるけど、わたしにはなにもできない。わたしがいま、やるべきことは、少しでも前に進むこと。

「よし」

先を見つめて、うなずいた。

ずっとサボっていたせいで体がなまっているから、まずは走れるところまで走ってみよう。

深呼吸をして、顔を上げる。頭の中で、父の声を思い出す。

『よーい、どん！』

ローファーでコンクリートを蹴《け》りつけ、制服のスカートをなびかせ、わたしは勢いよく駆け出した。


「お母さーん、救急箱どこだっけー」

家に帰ると、キッチンでお惣菜《そうざい》を盛りつけている母に尋ねた。母が不思議そうに振り返る。

「救急箱？　怪我でもしたの？」

「うーん、ちょっとね」

てへっと笑って、すりむいた手のひらと膝《ひざ》を見せた。

「やだっ、血が出てるじゃない！　どうしたのよ！」

母が慌てて箸《はし》を置き、救急箱を用意してくれる。

「電車に乗らないで走ってたら、途中で派手にすっ転んじゃってさぁ」

「え？　学校から走って帰ってきたの？」

「二駅分だけね。さすがに五駅は無理だった」

「まったく、なにやってんの、あんたは！」

ぶつぶつ言いながらも、母は救急箱から消毒液を出して、リビングのソファーを指差した。

「ほら、そこに座りなさい。消毒してあげるから」

「いいよ、自分でやるか……」

「いいから座りなさい！」

母に言われ、わたしはしぶしぶ腰かける。

「ほんとに夏希は小さいころから怪我ばっかり」

「そうだっけ？」

「そうよ。お兄ちゃんと張り合っては、勢いあまって転んだりぶつかったり……もう少し落ち着いてほしかったわよ」

　また言われちゃった。でもそんなわたしの膝を消毒しながら、母は続けた。

「だけどそこが、夏希のいいところなんだけどね」

「え？」

　思わず首をかしげたとき、兄の声が聞こえてきた。

「なんだよ、夏希。走って帰ろうとしてこけたって？　電車に乗り遅れたのか？」

　お風呂《ふろ》上がりらしい兄は、頭をタオルでわしゃわしゃ拭《ふ》きながらわたしを見下ろす。

　今日も兄はジャージ姿だ。そういえばあのファッション雑誌、借りたままだったっけ。そろそろ返してあげないと。

「違うよ。走りたくなったから、走ってみたの！　でも勢いつきすぎちゃって……」

「だっせぇなぁ」

　兄に笑われて、むっとする。

「けど夏希が走りたくなったなんて、いいことじゃん」

　兄の声に母もうなずく。

「そうね。家でごろごろされるより、よっぽどいいわ」

「また陸上部入るのか？　長距離に転向するとか？」

　顔を上げると、兄がにこにこ笑っている。わたしはさっと顔をそむけてつぶやいた。

「そ、そこまでは……考えてないよ」

「まぁ、いいんじゃね？　夏希の好きにすれば」

それだけ言って、兄が鼻歌を歌いながらリビングから出ていく。

「はい。できた」

膝に絆創膏《ばんそうこう》を貼ってくれた母は、立ち上がって救急箱を片づけはじめた。

「ねぇ、お母さん……」

そんな母の背中に、おそるおそる聞いてみる。

「わたしが走るようになったら……お母さん、嬉《うれ》しい？」

「そりゃあ嬉しいわよ。うじうじしてる夏希は夏希らしくないもの。あんたの取柄は勢いよく突っ走ることだけなんだから」

勢いよく突っ走ることだけって……でもまあ、そうかも。

「だけどお兄ちゃんが言ったように、夏希の好きにしなさい。お母さんはね、夏希に自分の好きなことを、思いっきりやってほしいだけ」

「うん……わかった」

素直にうなずいたわたしに、母が言う。

「ほら、着替えてきなさい。お腹すいたでしょ？　すぐにご飯できるから」

「はあい」

「今日は夏希の好きなハンバーグだからね」

「やったー！」

わたしはソファーから立ち上がり、リビングを出る前に振り向いた。

「お母さん、ありがと」

「もう転ばないようにね」

その言葉がなぜかじんわりと胸に響き、わたしは怪我したことも忘れて、階段を勢いよく駆け上がった。

第九章　ここから逃げよう

翌日も水やり当番だ。普段より早い電車を降り、走って学校に行ったけど、碧生先輩の姿はなかった。

「いつもわたしより早く来るのにな……」

ぽつりとつぶやいて、ホースやじょうろの準備をしていると、突然スマホが震えた。

「えっ！」

画面には碧生先輩の名前が表示されている。

びっくりしすぎてスマホを落としそうになりながら、なんとか電話に出た。

「も、もしもしっ！」

『……声、でけぇ』

「あっ、すみません！」

また勢いつきすぎた。でも電話から聞こえてくるのは、たしかに碧生先輩の声だ。

普段聞く声よりちょっと低くて、大人っぽく聞こえるのは気のせいかな。

『あのさ、悪いんだけど……』

「はい」

『今日の水やり、行けそうもない。たぶん明日《あした》も明後日《あさって》も……』

その理由はなんとなくわかった。

今朝、ＳＮＳを確認したら、碧生先輩の学校での姿が投稿されていた。勝手に撮影した写真を、誰かがネットにアップしたんだろう。そこからうちの高校のことや、住んでいる地域のことまで拡散されている。

『ごめん。本当に……』

碧生先輩の沈んだ声にわたしは応《こた》える。

「わたしは大丈夫です。水やりくらいひとりでできますし」

黙り込んでしまった先輩に、聞いてみる。

「それより……碧生先輩は大丈夫なんですか？　なんかいろいろバレちゃって……」

『ああ、うん。でも学校には行く。出席日数ヤバいし』

きっとまた大騒ぎになっちゃうんだろうな。

『それにこんな騒ぎ、いまだけだと思う。そのうちみんな飽きるだろ』

そうなのかな。よくわからないけど。

『じゃ……』

「あっ、あのっ！」

電話を切ろうとした碧生先輩を引き止める。

「あの、今日の放課後……あそこで会うことはできませんか？」

わ、なに言ってるんだ。わたし……！

でも、わたしたちだけの秘密の場所で、また碧生先輩と会って絵が描けたら……。

青空の下で、裸足《はだし》になって絵を描いた、楽しかった記憶が頭をよぎる。

『……ごめん。無理』

碧生先輩の声が耳に響いた。一瞬うつむいてから、再び顔を上げて応える。

「そ、そうですよね！　やっぱりわたしなんかと一緒にいるのはよくないですよね！」

『いや、よくないとか、そういうんじゃ……』

「大丈夫です！　わたしのことは気にしないでください！　それじゃ！」

碧生先輩の言葉を聞く前に、電話を切った。そしてじょうろに水を入れ、プランター の花に水をやりはじめる。

中庭には、太陽に向かってぐんぐん伸びているひまわりが見えた。

『咲いたら……描いてみようかな』

昨日、碧生先輩が言った言葉。

先輩はまた絵を描けるのかな？

先輩は先輩の好きなことを、思いっきりできるのかな？

そんなことを考えていたとき、中庭の向こうに、グラウンドを走る生徒たちの姿が見えた。わたしはじょうろを持ったまま、近づいてみる。

走っているのは陸上部だった。朝練をしているのだろう。

よく見ると、真子がいることにも気がついた。以前、冷たい態度を取ってしまってから、真子とはしゃべっていない。

わたしはぎゅっと胸元を握りしめた。

『こうなる前にもっと話せばよかったんだよな』

碧生先輩の声が頭に浮かんで、胸が痛くなる。

先輩はもう、親友だった大夢さんと話せない。どんなにやり直したくても、二度と戻れない。でもわたしはまだ、真子と話すことができる。やり直せる。

陸上部の仲間と一緒に、真子がスタートラインについた。まっすぐ前を見つめる真剣な表情に、吸い込まれる。

ピッとホイッスルの音がして、真子たちが一斉に走り出した。わたしは身を乗り出して、その様子を目で追いかける。

青空の下、風を切ってグラウンドを駆け抜ける、真子や陸上部員の姿。

「いいなぁ……」

つい漏れてしまった声は、妬《ねた》みでもひがみでもない。ただ純粋に、「わたしもあそこを走りたい」って思ったんだ。

『わたしはね、高校に入ってから人と比べるのはやめたんだ。だってわたしはわたしだもん。好きなことを楽しく続けられればいいかなって、思えるようになった』

以前聞いた、静香先輩の言葉。

わたしもそんなふうにできるかな。誰かと比べるんじゃなく、わたしはわたしの好きなことを、楽しく続けることができるかな。

できたらいいな、って、グラウンドを見ながら思った。

結局そのあと二日間雨が降って、水やりは必要なくなった。

金曜日の朝、わたしはひとりでホースを持つと、碧生先輩がやっていたように空へ向けてみた。ホースの口から出た水が、キラキラと光りながら降ってくる。

今朝のニュース番組で、関東地方も梅雨が明けたと言っていた。朝から空は真っ青に晴れ渡り、夏の日差しがじりじりと降り注いでいる。

ひまわりに水をあげたあと、じょうろで校舎のまわりのプランターに水をまいた。

ちらりとグラウンドを見ると、今日も陸上部が練習している。

真子……今日はいないみたい。

そんなことを思っていたら、後ろから声がかかった。

「なに見てるの？」

ハッと振り返ったわたしの目に、ペットボトルを持って立つ真子の姿が映った。陸上部のTシャツを着て、ハーフパンツをはいている。

「えっ、あっ、真子……」

「夏希、この前もここから見てたよね？　うちの部になにか用？」

真子が一歩近づいてわたしを睨《にら》む。

怒ってる……当たり前だよね。ひどいことをしたのは、わたしだもん。

わたしは真子の前で姿勢を正すと、直角に腰を曲げ頭を下げた。

「真子！　この前はごめん！　わたしのこと心配してくれたのに、しつこいとか言っちゃって……」

そのままの姿勢で真子の返事を待つ。手のひらにじわりと汗がにじむ。

「それ、いつの話？」

「えっ……」

思わず顔を上げると、真子がじっとわたしを見ている。

「いつって……この前真子が、わたしを陸上部に誘ってくれたとき……」

「ああ、ずいぶん前の話だよね。もう忘れた。ていうか、もういいよ」

真子がふいっと横を向く。

ああ、やっぱりすごく怒ってる。

わたしはうつむいて足元を見る。そのとき碧生先輩の言葉が頭に浮かんだ。

『夏希の足は逃げるためにあるんじゃない。前に向かって走るためにあるんだろ？』

汗ばんだ手をぎゅっと握る。

そうだ。わたしはもう逃げたくない。前に進みたいんだ。

「真子」

顔を上げて真子の目を見る。真子は黙ってわたしを見ている。

「あのね、わたし、ずっと真子たちから逃げてた。自分が負けるのが悔しくて、真子やみんなのこと妬んで、そんな自分が嫌になって……怪我したことを言い訳に、走ることから逃げてた」

真子はなにも言わない。わたしは息を吐いてから、言葉をつなげる。

「だけど逃げてみてわかったの。わたしやっぱり走るのが好き。これからは人と比べるんじゃなくて、楽しみながら続けていきたいって思ったの」

「それって……陸上部に入りたいってこと？」

真子の声に、ぐっと息が詰まる。

正直自分でもよくわからないのだ。陸上部に入りたいのか。入ってうまくやっていけるのか。また人と比べて落ち込んだり、妬んだりしないのか。

はっきり答えを出せるほどの自信が、まだわたしにはなかった。

「ごめん……それは……まだよくわかんなくて……」

はあっとあきれたようなため息が聞こえた。おずおずと顔を上げると、真子がわたしを見て言った。

「なぁんだ。やっと一緒に走れると思ったのに」

「え？」

目が合うと、真子がにっといたずらっぽく笑った。

「まあ、いいよ。夏希の気持ちはわかったし。入りたくなったらいつでも来れば？　うちの部、走るのが好きな人ばかりだから、夏希みたいな子も大歓迎だよ」

「真子……」

「あとわたしも……無理強いして悪かったと思ってる。ごめん」

真子がぺこっと頭を下げた。それからわたしの横をすり抜けて、グラウンドのほうへ歩き出す。わたしは真子の背中を追いかけて走る。

「いやっ、真子が謝ることじゃないからっ！　悪いのはわたしだから！　ほんとにごめん！　ごめんね、ごめんなさい！」

すると真子が前を見たまま、ぷっと噴き出した。

「もうー、夏希ってば、しつこいよ」

「えー、だって……」

立ち止まった真子が、わたしににこっと笑いかける。中学生のころ、こうやってわたしに笑ってくれたことを思い出す。

埃《ほこり》っぽくて懐かしい風が、わたしたちの間を吹き抜けた。

「じゃあ、またね！　夏希！」

真子がそう言って、ペットボトルを持つ手を高く上げる。

「あ、うん。また」

わたしも真子に向かって手を振った。

真子がグラウンドに向かって走っていく。その背中がすごく眩《まぶ》しく見えて、わたしも追いかけていきたいなって思った。


その日も一日中、碧生先輩の噂は嫌でも耳に入ってきた。

「ねぇ、鳴海アオくんって二年二組なんだって！　今から見にいかない？」

「行く行く！」

放課後、女子生徒たちが連れ立って教室を出ていく。わたしは荷物をまとめて、ひとりで教室をあとにする。

これからどうしよう。今日はまっすぐ帰ろうか。

碧生先輩のいない防波堤にはなんとなく行きたくない……なんて思いながら歩いて

いると、玄関の外に人だかりが見えた。

「あっ」

集まっているのは女子生徒ばかり。でもその中心に、背の高い男子生徒がいることに気がついた。

碧生先輩だ。

今日の碧生先輩はマスクに黒縁眼鏡。長い前髪で目元を隠しているけれど……完全にバレている。

わたしはひやひやしながら、少し近づいてその様子を見る。

どうやら碧生先輩は帰りたいようなのに、女子生徒たちが話しかけてきて困っているみたいだ。

いつもの先輩だったら『うるせぇ！』って怒鳴りそうな気がするけど、いまはただうつむきがちにその場から離れようとしているだけだった。

もしかして鳴海アオのイメージを壊せないから、我慢しているのかも。

そのとき碧生先輩がこちらを見た。一瞬、わたしたちの目が合う。

「あ……」

でもすぐに先輩はわたしから目をそむけ、女子生徒たちから逃げるように校門を出ていった。

「碧生先輩……」

わたしはぎゅっと両手を握る。

碧生先輩はモデルの仕事も楽しくなってきたって言っていた。だったらこの状況も受け入れなきゃいけないのかもしれない。だって芸能人なら、人気があるほうがいいに決まってるもの。

でも……そんな先輩の隣に、わたしはもういられない。

とぼとぼと、ひとりで校門を出る。今日はやっぱり防波堤へは行きたくなかった。

それからずっと、胸の奥がもやもやしたまま、日曜日の夜になった。碧生先輩が出演していると噂のドラマが放映される日だ。

「あれ、夏希、ドラマなんか見てんの？　珍しいじゃん」

冷蔵庫から取り出したドリンクを飲みながら、兄が声をかけてくる。

「静かにして！　お兄ちゃん！」

リビングでテレビを占領して、目を皿のようにして画面を見つめる。一応録画もしておいたけど、リアルタイムで碧生先輩の姿を見たいのだ。

「ん？　このドラマ、おれの好きなナナちゃんが出てるやつじゃん」

「だからちょっと黙ってて！」

「は？　変なやつ」

兄が去っていく足音がする。碧生先輩はまだ出てこない。主人公の友人役って書いていたけど、今日は出てこないのかな。

結局いくら待っても出てこないから、今日は見られないんだとあきらめかけたとき、ラスト近くの重要なシーンで碧生先輩が画面に現れた。

「わっ！　ほんとに碧生先輩だ！」

やばい。なんだかこっちがドキドキしてきた。

わたしの知っている碧生先輩がテレビに映っている。それがなんだか不思議で。でも見れば見るほど、やっぱりそこにいるのは碧生先輩で。

その先輩が主演のアイドル俳優に向かって、堂々とセリフをしゃべっているのだ。

「すごい……」

正直先輩の演技ってどうなのかなって思っていた。顔もスタイルもよくて、モデルに向いているのはわかるけど、演技の勉強なんてしている様子はないし、いきなりドラマ出演なんて大丈夫なのかと心配していた。

でもそんな心配、余計なお世話だった。

だって碧生先輩の演技はすごく自然で、はじめての出演とはとても思えなかったから。

「やっぱり碧生先輩ってすごい……」

イケメンでスタイルがよくて、絵が上手《うま》くて演技もできる。わたしと同じ高校生とは思えない。

エンディングの曲が流れはじめた。碧生先輩のセリフで、主人公のアイドル俳優と兄の推しである相手役のナナちゃんが、喧嘩《けんか》別れしてしまうところで終わった。

やばい。続きが気になりすぎる。しかも碧生先輩の役って、けっこう重要じゃん。

わたしはエンディング曲を聞きながら、SNSを確認した。ドラマの感想が次々と流れてくる。その中には「鳴海アオ」に対しての投稿もあった。

【今日もアオくん、かっこよかった】

【アオくんのセリフが胸に刺さった】

【来週もっと出番が多ければいいのに】

きっと明日《あした》の学校も大騒ぎだろう。

わたしはスマホをソファーの上に放り投げ、ごろんと寝転んだ。そして天井を見ながら考える。

碧生先輩の人気が出るのは喜んであげなきゃいけないのに……先輩との距離がどんどん離れていくようで寂しい。

目を閉じると、真っ青な空と、どこまでも続く広い海の景色が浮かんだ。

「またあそこで、碧生先輩と絵を描きたいなぁ……」

もうすぐ夏休み。学校が休みになれば、わたしがあの防波堤に行く機会もなくなる。

碧生先輩には、ずっと会えなくなってしまう。


月曜日の朝。眠い目をこすりながら歯磨きをしていたら、スマホに通知が入った。

クラスのグループメッセージだ。それを見てわたしは一気に目が覚めた。

「なんでっ？」

そこには碧生先輩が一番触れられたくないであろう、過去の出来事が暴露されていたからだ。

【中学のとき、鳴海アオの親友だった人が自殺したらしい】

【なにそれ、どこ情報？】

【二年の先輩から聞いた。もう噂になってる】

【マジで？】

【しかもその原因は鳴海アオにあるって】

【いじめじゃね？】

【ヤバ】

【アオ先輩いじめっ子だったの？】

【意地悪そうな顔してるもんな】

【えー、そんなことないし！　かっこいいじゃん】

【イケメンでも性格悪かったら無理】

スマホを持つわたしの前に、次々と現れる文字。

「みんな……なに勝手なこと言ってんのよ！」

反論しようと、指をスマホの画面にのせる。

でも……なんて言うの？　わたしが余計なことを言って、碧生先輩をさらに困らせることになったら……。

震える指をスマホから離す。その間にも、メッセージはどんどん増えていく。

こんなのおかしいよ。碧生先輩の知らないところで、好き勝手言って……。

わたしはスマホの画面を切ると、制服に着替えて家を飛び出した。


いつもより早い電車に乗り、学校のある駅で降りて改札を抜ける。

聞きたくもないのに、近くを歩いている女子生徒たちの声が聞こえてしまう。

「鳴海アオの噂聞いた？」

「ああ、親友を責めて自殺に追い込んだって話？」

「ヤバいよねー、ネットで拡散されたら炎上案件じゃん？」

わたしはきゅっと唇を噛《か》みしめると、その子たちを追い抜いて走り出す。

お願いだから、もうやめてよ。『スマホほとんど使わない』って言っていた碧生先輩だけど、きっと耳に入ってしまう。そうしたら嫌な思いをするに決まってる。

『噂が、ＳＮＳを通して学校中に広がって……大夢は学校に来られなくなった』

碧生先輩の言葉が頭に浮かぶ。

どうしよう。碧生先輩が学校に来られなくなったら。

「はあっ……」

勢いよく校門から中へ入ると、教室へは向かわず中庭へ走った。

なんとなく教室には入りたくなかったんだ。

「あっ……」

そのとき、わたしの目にそれが映った。

「ひまわり……咲いてる」

中庭のひまわりが、何本も開花していた。黄色い花びらをつけた大きな花は、生き生きと太陽のほうを向いて咲いている。春、碧生先輩と並んで、ここに種をまいたことを思い出す。

『咲いたら……描いてみようかな』

碧生先輩の言葉が頭に浮かんで、なぜだか目の奥がじんわりと熱くなってきた。

「碧生先輩……」

つぶやいたわたしの背中に声がかかる。

「夏希ちゃん？」

振り返ると静香先輩の姿が見えた。先輩はわたしと目が合うと、驚いた表情をする。

「どうしたの？　夏希ちゃん」

その途端、こらえていたものが一気にあふれ出てきた。

「うっ、うう……うわぁーん」

「夏希ちゃん⁉」

慌てて静香先輩が駆け寄ってくる。わたしは静香先輩の前で、子どもみたいに声を上げて泣いてしまった。


「大丈夫？」

「は、はい……」

しばらく泣きわめいたわたしは、静香先輩に心配されてしまった。

早朝とはいえ、学校の中庭で大泣きするなんて……恥ずかしすぎる。

「あの、ハンカチもお借りしちゃって……すみません。新しいの買ってお返しします」

「いいの、いいの。そんなの気にしないで」

ひまわりの前で、静香先輩がにっこり微笑む。

やっぱり静香先輩は優しくて素敵だ。反対にわたしは、なんて子どもなんだろう。

「あの、わたし……」

「うん」

静香先輩はわたしが話すのを待ってくれている。わたしは呼吸を整えてから、言葉を出す。

「みんなが碧生先輩のこと、好き勝手言ってるのが許せなくて……」

「うん」

「でもわたしにはなんにもできなくて……それがすごく悔しくて……情けなくて」

ずずっと洟《はな》をすすると、静香先輩がティッシュを差し出してくれた。

「ありがとうございます……」

にっこりうなずく先輩の前で洟をかむ。

「すみません。それで、あの……静香先輩のお顔を見たら、なにかがぷつっと切れちゃったっていうか……お恥ずかしいところを見せてしまって、ほんとにごめんなさい」

静香先輩は首を横に振ると、微笑んだままわたしに言った。

「夏希ちゃんが羨《うらや》ましいな」

「へ？」

「いつも一生懸命で、ひまわりみたいにまっすぐで。わたしは夏希ちゃんが羨ましい」

「な、なに言ってるんですか⁉　わたしなんか全然……」

羨ましいのはわたしのほうだ。静香先輩はいつも優しく話を聞いて、励ましてくれる。わたしは静香先輩のことを尊敬しているし、いつか静香先輩みたいになれたらいいなって思ってるのに。

すると静香先輩が、穏やかな表情で口を開いた。

「夏希ちゃんの、まっすぐなその気持ち。きっと碧生くんに伝わるよ」

そしてあたたかい手で、わたしの手をきゅっと握ってくれた。

「夏希ちゃんなら伝えられる。絶対できるよ」

「わたしに……できる？」

静香先輩がしっかりとうなずく。

わたしのこの気持ちを、碧生先輩に伝える？

校舎からチャイムの音が響いてきた。予鈴だ。

「そろそろ教室、行かなきゃね」

「……はい」

歩き出した静香先輩のあとを追いかける。一瞬立ち止まって中庭を振り返ると、黄色いひまわりがわたしにエールを送るように咲いていた。

静香先輩と別れて、ひとりで教室へ向かって歩く。歩きながら、あとで碧生先輩に連絡して、会う約束をしようと思った。

わたしは碧生先輩にとって、ただの後輩っていうだけだけど。

碧生先輩はいま、わたしなんかと会いたくないかもしれないけど。

それでもわたしは碧生先輩と会って話したかった。

「あ、ほら、あれ、鳴海アオじゃない？」

「え、どこどこ？」

「あそこ。渡り廊下のほう」

「ほんとだ！」

カシャッとシャッター音が響く。女子生徒が写真を撮っている。スマホのレンズの先には、背の高い男子生徒の姿。

「碧生先輩……」

マスクと眼鏡で顔を隠している碧生先輩は、渡り廊下で別の女子生徒たちに囲まれていた。教室に向かおうとしているようだけど、なにか話しかけられてなかなか前へ進めない。

わたしはじっとその姿を見つめる。先輩はなにも言わない。きっと言えずに我慢している。

「おい、あれ、鳴海アオじゃね？」

「おっ、ほんとだ」

わたしのそばに来た男子グループが、大声で話し出す。

「なぁ、あの噂、聞いた？」

「聞いた、聞いた。あいつが親友追い込んで、自殺させたってやつだろ？」

「ヤベーよな。人殺しじゃん」

その声が大きくて、碧生先輩の周りにいる女子生徒たちが振り向いた。碧生先輩は目をそらしているけれど、たぶんその耳にも伝わっている。あの男子生徒たち、きっとわざと伝わるように言っているんだ。

わたしの頭に碧生先輩の言葉が浮かぶ。

『勝手に正義を振りかざした顔も知らない連中が、集団で悪口言って悪者を追い込んで、気持ちよくなりたかっただけなんだ』

男子グループが笑い声を立てながら、その場を去っていく。女子たちが困った顔で、碧生先輩を見上げる。それを遠巻きに見ている生徒たちが、カメラのシャッターを切っている。

その中で、碧生先輩はただ黙って耐えているだけ。

先輩にとって学校は、居心地の悪い場所になってしまったんだ。

わたしはぎゅっと唇を噛《か》んだ。そして両手を握りしめると、強く床を蹴《け》って飛び出した。

「碧生先輩！」

わたしの声に、先輩がハッと顔を上げる。前髪の隙間から見える目が、わたしを捉《とら》える。

「ここから逃げよう！」

頭で考える間もなく、手が伸びた。そしてグッと強く、碧生先輩の手をつかむ。

「夏希……」

「先輩、走って！」

わたしは碧生先輩の手を握って走り出す。

周りにいた女子生徒も、遠巻きに見ていた他の生徒も、唖然《あぜん》とした表情で突っ立っている。

わたしたちはそんな生徒たちの間を駆け抜ける。

廊下を走り、昇降口を抜け、校舎を飛び出す。

周りの目なんか、もうどうでもよかった。

とにかくここから逃げ出したくて。

碧生先輩を、青くて広い空の下へ連れていってあげたくて。

前だけを見て、先輩の手を引いて全力で走った。

校門をあとにするわたしたちの耳に、授業のはじまりを告げるチャイムの音が鳴り響いた。


夏の日差し、蒸し暑い空気、鳴きはじめた蟬の声。すべてを体で感じながら、碧生先輩の手を引いて急な坂道を下る。

むわっとした空気が肌にまとわりつき、じんわりと汗がにじんできた。

やがて目の前がパッと開けて、広い海が目に映る。港を抜けて、階段を上り、防波堤に駆け上がるまで、碧生先輩はなにも言わずについてきた。

「はぁっ、はぁっ……」

いつもの防波堤にたどり着き、やっとわたしは碧生先輩の手を離した。息を切らしながら隣を見ると、先輩もぜいぜいと息をしている。

「だ、大丈夫ですか？　碧生先輩」

「……だい……じょうぶ」

碧生先輩が疲れ果てたような声で答える。わたしはふたりでお墓参りに行った帰り道を思い出し、ふっと笑みを漏らした。

あのときの碧生先輩もこんなふうにバテていて、完璧《かんぺき》人間だと思っていた先輩にも苦手なものがあるんだなって、親近感を覚えたんだっけ。

そのときわたしはハッと気づく。

そうか、そうだよね。碧生先輩だって高校生だもん。わたしと同じように、悩んだり、迷ったり、助けを求めたりしているはず。

そう思ったら途端に心が軽くなって、わたしはその場でローファーと靴下を脱ぎ捨てた。

「碧生先輩！　ここから叫ぶと気持ちいいですよ！」

顔を上げた碧生先輩が、不思議そうにわたしを見る。

「まずはわたしがお手本見せますね！」

わたしは裸足《はだし》で防波堤の先端に立った。目の前に見えるのは、どこまでも続く真っ青な海。遠くには真っ白な入道雲が、もくもくと湧き上がっている。

足を広げ、両手を握り締め、すうっと深く息を吸い込む。そして声と一緒に、思いっきりそれを吐き出した。

「みんなうるさーい！　ギャーギャー騒ぐなー！　嘘ばっかり書き込むなー！　いい加減にしろー！」

叫んでから、はぁはぁと息を切らす。

だけど——すっごく気持ちいい！

ぷっと後ろで噴き出すような声がした。振り返ると碧生先輩が、肩を震わせ笑っている。

「なんだ、それ。海に向かって叫ぶって……アオハルかよ」

「いいから碧生先輩もやってみて」

碧生先輩がわたしを見た。わたしは先輩に笑いかける。ふっと笑った先輩が、伊達《だて》眼鏡とマスクを外し、足元に投げ捨てた。

そしてわたしの隣に立つと、海の彼方《かなた》を睨《にら》むように見てから、息を吸い込み声を放った。

「おまえらみんな、うるせー！　あとついてくんな！　勝手に写真撮るな！　なにも知らないくせに、好き勝手言うんじゃねー！」

叫び終わると、碧生先輩はその場にすとんと座り込み、そのまま仰向《あおむ》けに寝転がった。そして「はぁー……」と深く息を吐く。

「どう？　スッキリした？」

空を見ている先輩の顔を、上からのぞき込む。

「ああ。……でも芸能人としてはサイテーだな」

「ですね。陰で悪口叫んでる芸能人なんて……バレたら炎上です」

くすっと笑って、言葉をつなげる。

「でも大丈夫。わたし誰にも話しません。話す友だちもいないし」

そう言ってにっと歯を見せると、先輩も軽く笑ってくれた。

碧生先輩と同じように、わたしも仰向けに寝転がる。

青い青い空が、視界いっぱいに広がっている。

爽《さわ》やかな潮風をすうっと吸い込んだとき、先輩の声が耳に聞こえた。

「夏希を避けるようなことして……悪かったな」

「え？」

思いもよらない言葉に、わたしは寝転んだまま隣を見る。先輩は空を見たままつぶやく。

「おれと関わったら、夏希にも被害が及ぶと思って……それだけは嫌だったから」

「碧生先輩……」

水やりに来なかったのも、目が合って無視したのも、わたしを巻き込まないように考えてくれてたの？

そのときハッと思い出した。さっき、大勢の見ている前で、碧生先輩の手を引いて走り出したことを。

わたしは慌てて体を起こす。

「あのっ、わたしのほうこそ、ごめんなさい！　みんなの見てる前であんなことして……また碧生先輩の変な噂立てられたら……」

「いいよ。言いたいやつには言わせとけば。そのうち飽きるだろ」

「そ、そんなもんですかね？」

「そんなもんだよ」

碧生先輩も起き上がると、「うーん……」と大きく伸びをした。

「やっぱ、逃げるのも悪くないな」

「え？」

「夏希にここに連れてきてもらって、なんかいろいろ吹っ切れた」

碧生先輩がわたしを見て、優しく笑いかけてくれた。わたしの心臓が飛び跳ねる。

「おれさ」

そんなわたしの前で先輩が言った。

「最初は逃げ場にしていた芸能界の仕事だけど、やるからにはしっかりやりたいって思ってる。それから絵も、続けていきたい。もっと上手《うま》くなりたい。そう思えるようになったのは、夏希のおかげだよ」

目をそらさずに、碧生先輩の顔を見る。先輩もじっとわたしを見ている。

「わたしも……」

そしてわたしも、自分の想いを伝えた。

「わたしも陸上を続けたい。もう一度、陸上部に入りたい。これからは周りと比べるんじゃなくて、自分の目標に向かって走りたい。逃げた先で碧生先輩と出会って、好きなことを続けるって決めた先輩を見て、わたしももう一度走ってみたいって思えたんだ。先輩のおかげです」

そう言って笑ったら、碧生先輩も笑ってくれた。その笑顔がまぶしくて、さらに心臓が騒ぎはじめる。

だから思い切って立ち上がった。そんなわたしを先輩が見ているのがわかる。照れくささをごまかすように、海に向かってもう一度叫ぶ。

「わたしは走るのが好き！　これからもずっと走っていきたい！」

すると碧生先輩も立ち上がって、わたしの隣に並んで声を上げた。

「おれは絵が描きたい！　芸能界でもトップになりたい！　おれはおれの好きなことをする！」

わたしは隣の先輩を見上げて、くすっと笑った。

「芸能界でトップ？　目標高すぎません？」

「うるせーな」

「でも碧生先輩なら……きっとできるよ」

先輩から目をそらし、前を向く。そして自分自身に言い聞かせるようにつぶやいた。

「どんなに逃げても、逃げた先で立ち直って、また前に走り出せるのがわたしたちだもんね」

わたしも先輩も、自分らしく。わたしの人生はわたしのものだし！

すると隣から、碧生先輩の柔らかい声が響いた。

「そうだな」

海から吹き寄せる風が、夏の匂いを運んでくる。

「ありがとな、夏希」

胸の奥にあったかいものが広がって、わたしは海を見たままにっこり微笑んだ。

第十章　ふたりだけの青い空

晴れ渡った空。真夏の太陽。蒸し暑い風。埃《ほこり》っぽいグラウンド。

わたしはその中を、思いっきり駆け抜ける。

自分で決めた、ゴールを目指して。

昨日の自分より、少しでも前へ進めるように。

そして走りながら、いつも思うんだ。

ああ、やっぱりわたしって、走るのが好きなんだなぁって。

高校一年の夏休み。わたしは陸上部の仲間と一緒に、毎日グラウンドを走っていた。


「夏希ー、帰り一緒に、お昼ご飯食べにいかない？」

制服に着替え、制汗スプレーの匂いが立ち込める部室から出た瞬間、背中に声がかかった。

振り向くと、トレードマークのボブヘアを揺らした真子が笑いかけている。わたしは顔の前で両手をパチンッと合わせ、「ごめん！」と謝る。

「今日はちょっと用事があって」

するとま真子がにやっと笑って、意地悪く言った。

「あー、はいはい。碧生先輩とデートでしょ？」

「デッ、そんなんじゃないってば！」

声を上げたわたしの前で、真子がまた「はいはい」と笑った。

「まぁ、夏休みはまだ長いし。お昼ご飯は、また今度一緒に食べよ」

「うん！　食べよう！　ありがと、真子！」

「そのときは彼氏の話、いっぱい聞かせてね？」

「かっ……彼氏なんかじゃないから！」

真子が笑いながら手を振る。

「ほら、早く行きな！　またね、夏希！」

わたしもそんな真子に手を振り返す。

「うん。バイバイ、真子！　また明日《あした》！」

真子と笑顔で別れると、後ろでひとつに束ねていた髪をほどき、わたしは勢いよく走り出した。

真夏の坂道を駆け下りる。

シャワシャワと鳴いている蟬の声。頭の上から照りつける真昼の日差し。蒸し暑い空気が肌に絡みつき、額にじんわりと汗がにじむ。

でもスピードはゆるめず、走り抜ける。

やがて目の前に、見慣れた景色が広がった。今日も海は真っ青だ。

少し伸びた髪とスカートを潮風になびかせながら、港を通り過ぎる。

野良猫のトラは木陰でお昼寝中。

わたしはそのままの勢いで階段を駆け上がり、防波堤に上った。

先端に見えるのは、一番会いたかった人の背中。そばには靴が脱ぎ捨ててある。

「碧生せんぱ……」

呼びかけようとしてやめた。海のほうを見ている先輩は、集中した様子で絵を描いている。

その姿はしっかりと前を向いているように思えた。

夏休み前、ここでわたしと叫んだあと、碧生先輩はマスクも眼鏡もつけるのをやめて開き直った。素顔で堂々と学校に通うようになり、嫌なことは嫌だと言うようになった。

そのせいで多少のアンチは増えたけど、ほとんどの生徒が正しい距離を保つようになって。

やがて周りの生徒たちも慣れてきたのか、以前のように騒がなくなった。碧生先輩が言ったとおりになったのだ。

「碧生先輩」

ゆっくりと近づいて、そっと背中に声をかける。振り返った先輩が、わたしを見上げた。わたしたちの視線がピタリとぶつかり合う。

「おう、夏希。久しぶり」

「久しぶりですね」

わたしは風になびく髪を耳のあたりで押さえながら、にこっと微笑む。

碧生先輩と会うのは何日ぶりだろう。

将来のことを真剣に考えた碧生先輩は、芸能界の仕事をしながら美大を受験することに決め、美術の予備校にも通いはじめた。

一方わたしは陸上部に入部し、短距離から長距離へと種目を変え、再スタートを切った。

新たな挑戦に少しの不安はあるけれど、走っている時間はやっぱり楽しい。どんな形でも、この先ずっと、走ることを続けていきたいと思っている。

ただそのため、お互い忙しくなり、会う時間が減ってしまって……。

でも今日は部活のあと、ここで会う約束をしていたのだ。

わたしは碧生先輩の隣に腰かけた。目の前の海は真夏の日差しをはね返し、キラキラ光りながら揺らめいている。

また汗がにじんできたけど、吹く風はどこか心地よい。

背中からリュックを下ろすと、中から一枚の紙を取り出した。

一瞬躊躇《ちゅうちょ》したあと、思い切ってそれを先輩の前に差し出す。

「碧生先輩！　この絵、もらってくれませんか？」

「え？」

碧生先輩がちょっと驚いた表情でわたしを見る。

「これからも応援してます！」

そう言って、持っていた紙を碧生先輩に押しつけた。

それはわたしが描いたスケッチだ。先輩が好きだと言った、ここから見た夏の夕焼け空。

先輩にもらった水彩絵の具で、丁寧に色も塗った。

下手くそで恥ずかしかったけど、自分なりに心を込めて描いたのだ。

「あの……忙しいと思うけど……たまにはここの景色を、思い出してほしくて……」

ドキドキしながら目を閉じる。やっぱりめちゃくちゃ恥ずかしい。

するとわたしの耳に、碧生先輩の声が響いた。

「ありがとう。すっげー嬉《うれ》しい」

ぱあっと心が晴れやかになり、思い切って目を開けた。

「大事にするよ」

「う、うん……」

碧生先輩はわたしの絵を優しい目で見下ろしたあと、そばにあった小さなスケッチブックを手に取った。そしてそれをわたしの手に渡してくれる。

「おれも夏希のこと、応援してる」

「え……」

スケッチブックの表紙には黄色いひまわりの絵が描いてある。わたしたちが学校で育てた、あのひまわりの花だ。

「これ……見ていいんですか？」

碧生先輩がうなずく。

「夏希にもらってほしくて持ってきた」

わたしに……？

ちょっとドキドキしながら、指先でそっとページを開く。

そこにはグラウンドや砂浜を駆け抜ける、わたしの絵がたくさん描いてあった。

どのわたしも、しっかりと前を向いている。

「夏希が走ってる姿、すごく綺麗《きれい》で描きたくなるんだ」

かあっと頬が熱くなる。それと同時に胸がいっぱいになった。

「恥ずかしいけど……すっごく嬉しい！　ありがとうございます！」

スケッチブックを抱きしめて、碧生先輩ににっこり笑いかける。先輩はすっとその手を伸ばすと、わたしの髪をくしゃっと撫《な》でた。

「頑張ろうな」

目の前の碧生先輩が、目を細めて柔らかく微笑む。どうしようもなく嬉しくて、幸せな気持ちになる。

「はい！　頑張りましょう！」

碧生先輩の前でもう一度笑顔を見せると、わたしも靴を脱いで裸足《はだし》になった。

足をぶらぶらさせながら、先輩の隣で空を見上げる。

爽《さわ》やかな風が吹き抜けて、潮の匂いが鼻先をかすめる。

すると碧生先輩が、人差し指を空に向けた。

雲ひとつない真っ青な空を、先輩の指先がすうっと横切る。

「あ、飛行機雲！」

碧生先輩の描いた真っ白な線が、わたしの目にははっきりと見えた。

顔を見合わせて笑い合ったあと、わたしも空に向かって指を伸ばす。

そして力いっぱい腕を動かし、大きな大きな弧を描く。

青い空に架かった、ふたりにしか見えない虹《にじ》。
それはわたしたちの未来へと、つながっているようだった。

本書は書き下ろしです。

君《きみ》と裸足《はだし》で駆《か》け抜《ぬ》けろ

水瀬《みなせ》さら

令和7年 4月25日 初版発行

発行者●山下直久

発行●株式会社KADOKAWA
〒102-8177 東京都千代田区富士見2-13-3
電話 0570-002-301(ナビダイヤル)

角川文庫 24618

印刷所●株式会社暁印刷
製本所●本間製本株式会社

表紙画●和田三造

●お問い合わせ
https://www.kadokawa.co.jp/ (「お問い合わせ」へお進みください)
※内容によっては、お答えできない場合があります。
※サポートは日本国内のみとさせていただきます。
※Japanese text only

ISBN 978-4-04-116025-1 C0193

◇◇◇

角川文庫発刊に際して

角川源義

第二次世界大戦の敗北は、軍事力の敗北であった以上に、私たちの若い文化力の敗退であった。私たちの文化が戦争に対して如何に無力であり、単なるあだ花に過ぎなかったかを、私たちは身を以て体験し痛感した。西洋近代文化の摂取にとって、明治以後八十年の歳月は決して短かすぎたとは言えない。にもかかわらず、近代文化の伝統を確立し、自由な批判と柔軟な良識に富む文化層として自らを形成することに私たちは失敗して来た。そしてこれは、各層への文化の普及滲透を任務とする出版人の責任でもあった。

一九四五年以来、私たちは再び振出しに戻り、第一歩から踏み出すことを余儀なくされた。これは大きな不幸ではあるが、反面、これまでの混沌・未熟・歪曲の中にあった我が国の文化に秩序と確たる基礎を齎らすためには絶好の機会でもある。角川書店は、このような祖国の文化的危機にあたり、微力をも顧みず再建の礎石たるべき抱負と決意とをもって出発したが、ここに創立以来の念願を果すべく角川文庫を発刊する。これまで刊行されたあらゆる全集叢書文庫類の長所と短所とを検討し、古今東西の不朽の典籍を、良心的編集のもとに、廉価に、そして書架にふさわしい美本として、多くのひとびとに提供しようとする。しかし私たちは徒らに百科全書的な知識のジレッタントを作ることを目的とせず、あくまで祖国の文化に秩序と再建への道を示し、この文庫を角川書店の栄ある事業として、今後永久に継続発展せしめ、学芸と教養との殿堂として大成せんことを期したい。多くの読書子の愛情ある忠言と支持とによって、この希望と抱負とを完遂せしめられんことを願う。

一九四九年五月三日